마음 컨디셔닝

마음 컨디셔닝

가늘고, 길고, 깊은 호흡으로
내 안의 또 다른 나 만나기

초 판 1쇄 2024년 12월 12일

지은이 남현진
펴낸이 류종렬

펴낸곳 미다스북스
본부장 임종익
편집장 이다경, 김가영
디자인 윤가희, 임인영
책임진행 김요섭, 이예나, 안채원, 김은진, 장민주

등록 2001년 3월 21일 제2001-000040호
주소 서울시 마포구 양화로 133 서교타워 711호
전화 02) 322-7802~3
팩스 02) 6007-1845
블로그 http://blog.naver.com/midasbooks
전자주소 midasbooks@hanmail.net
페이스북 https://www.facebook.com/midasbooks425
인스타그램 https://www.instagram.com/midasbooks

ISBN 979-11-6910-964-2 03810

값 19,000원

미다스북스는 다음세대에게 필요한 지혜와 교양을 생각합니다.

마음 컨디셔닝

남현진
지음

가늘고, 길고, 깊은 호흡으로
내 안의 또 다른 나 만나기

미다스북스

✳

"응애 응애 으앙!"

　갓 태어난 내가 가족에게 느낀 것은 아기가 원하는 것을 해결해 주려는 애정보다도 짜증과 외면이었다. "쟤는 왜 저렇게 예민해?"라는 말과 함께. 나를 처음 만났던 가족들에게 들린 울음소리는 기쁨의 소리였겠지? 그렇다면 언제부터 나의 울음소리가 식구들에게 예민하게 들렸을까? 오빠와의 비교를 옵션으로 달고 태어난 나였다. 모든 면에서 월등했던 오빠 옆에서는 투명 인간처럼 살았고, 숨소리조차 걸리적거리지 않게 쉬어야 했다. 불평과 억울한 마음은 참아 내는 숨과 함께 꾹꾹 눌러놓았다. 그러다 눈물이 터졌다. 왜 우는 거냐는 식구들의 질문에 답을 할 수 없었다. 걸리적거리는 나라고 생각했던 것이 사실이 될 것 같아서 두려웠다. 엎친 데 덮친 격으로 내가 태어난 환경은 평범하지 않았다. 어쩌면 평범한 환경에 태어나는 것이 더 어려운 것일 수도 있겠지만.

연년생으로 태어나면서 나도 모르게 오빠와의 경쟁의식이 발동해 예민했다. 게다가 부모의 싸움을 보고 들으며, '이혼하면 어쩌지?' 하는 걱정이 늘 나를 따라다녔다. 누구에게도 선택되지 않을까 봐 두려움에 신경을 곤두세웠다. 그래서였을까? 헛것이 자주 보였고, 나를 덮치는 공포감에 이유 없이 쓰러지곤 했다. 그런 나를 일으켜 세우기엔 몸과 마음이 건강하지 못했다. 예민하고 상시 압박에 시달리는 여린 존재의 나는 초민감자였다. 발달한 감각으로 외부 자극을 받아들이는 공감 능력은 내가 가진 빛나는 재능이었다. 하지만 재능 사용법을 몰랐던 나에겐 함께 죽자고 달려드는 섬뜩한 기운일 뿐이었다.

많은 위기의 순간을 버텨 주고 지켜 준 것은 무엇일까?

십 대의 비밀 일기장에는 한 방에 훅 갈 수 있는 죽음의 방법을 연구했다. 운전을 시작하면서는 시도 때도 없이 핸들을 어두컴컴한 강물로 돌리고 싶었다. 나 홀로 섬에서 죽기만을 바라면서도, 하느님의 도구로 잘 쓰이는 삶이길 바랐다. 모순적인 기도로 살아야 하는 이유를 찾으려 했다. 매 순간 절실한 마음이었다. 잘 살고 싶었다. 그저 나이대로 생각을 키워 가면 되었고, 상황에 따라 흘러가면 됐는데 뭐가 그리도 억울하고 한 맺힌 사람처럼 살게 되었는지…. 따라가다 보면 나를 몰랐고, 모른 척했고, 회피했던 시간으로부터 시작됐다. 사랑받지 못하고 자란 사람은 사랑을 주지 못한다는 말처럼 나 또한 나를 알아주지 못했다. 그리고 알고자 하는 마음조차 가지지 않았다. 나와의 소통을 단절하는 방법으로 반평생을 살다 보니 언젠가 떠오를 것이라 믿었던 삶은 가라앉기만 했다. 한 맺힌 원망과 함께.

내가 가진 나의 것들을 살펴보기 시작하면서 예전과는 다른 선택을 했다. 가늘고 길고 깊은 호흡으로 나와의 소통을 시작하면서 입체적인 생각이 가능했다. 화나는 상황에 부정적인 감정을 담지 않고, 그럴 만한 이유를 다양하게 생각하다 보면 상황은 정리된다. 유난스러운 것은 없어진다. 입체적인 생각은 나의 육체적인 것과 정신적인 세포를 깨우는 것을 시작으로 두려움과 우울감이 일어났던 이유를 알게 됐다. 그토록 찾아 헤맸던 보물섬의 지도를 내 안에서 찾은 것이다. 막상 꺼내 보면 아무것도 아닌 일들로 인해 고통스럽게 살아왔다. 예민한 감각으로 느껴진 고통의 과정이 없었다면 감각을 봉인한 채 의미 없이 살아갔을 것이다. 회고록을 쓰면서 나와 마주했고, 몸과 마음을 살피는 호흡 수련을 하면서 180도 바뀐 내가 됐다.

오랜만에 만난 지인들에게 얼굴이 왜 이리 좋아졌냐며 요즘 뭐하냐는 질문을 받았다. "나의 호흡을 시작하면서부터요."라고 답했다. 그게 뭐냐며 시큰둥한 표정을 했다. '나의 호흡'이란 누구나 할 수 있는 쉽고도 어려운 것이다. 불쑥 튀어나오는 보기 싫은 나의 모습을 외면하기 바쁠 테니까.

나와 소통하기 위해서는 정성스럽게 호흡해야 한다. 그러기 위해서는 마음을 열고 나의 모든 것을 바라볼 수 있는 용기가 필요하다. 나를 지켜 내기 위해 매 순간 알아차리는 마음으로 감각을 일깨운다면 어떤 상황에서도 나를 위한 호흡을 이어 갈 수 있다.

명상 후 적어 내려갔던 메시지를 살펴봤다. 나의 잘못된 선택도 지금을 살기 위한 과정이었다. 수치심으로 자신을 단절시키며 과거에 매달리지 말고 온전한 이해와 사랑의 마음으로 현재를 살아가라는 메시지였다.

나는 지금을 살아간다.
나의 숨으로 사랑을 나눈다.
때때로 찾아오는 고통에도 감사한 에너지를 담는다.
내가 단단해질 수 있는 성장의 시간이니까.

살게 되는 삶이 아닌 살아 있는 나로 살기 위해서는 매 순간 감각을 깨우는 연습의 시간이 필요하다. 삶이 두려워 거부하는 이유를 알게 된다면 나를 온전히 이해할 수 있게 된다.

'삶의 과정은 나를 위함이요. 나로 인해 존재하기에 지금을 살아가는 나에게 정성을 다해 연결하고 소통한다.'

불안과 자기혐오로 가득 차 있는 세상에 순수한 나의 모습으로 조화롭게 바뀌는 삶을 살고 있다. 밉고 싫은 모습도 있는 그대로 바라보며 미소 지을 수 있는 여유와 함께.

지금, 순수한 나를 만나러 간다.

프롤로그

목차

나와 연결하다 자유로운 소통이 남긴 가르침

나를 채우다 변화와 탄생의 아홉 가지 에너지

나를 가두다

거울 속의 나를 바라봄

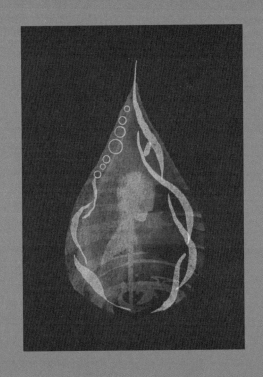

"온 세상에 나만 빼고 모두 행복해 보였다.

도대체 왜 태어났는지 답답했다.

화만 났고, 억울함만 쌓였다.

내가 없는 나의 세상에서 휘청였다."

태어나자마자 찾고 싶은 답

✳

　나는 1974년 1월 한 번의 날숨과 함께 밝은 빛의 공간으로 내던져졌
다. 추억이 방울방울 담겨 있는 사진에서는 웃기보다는 울고 있거나
불만의 표정을 지은 사진이 더 많았다. 어쩌면 어른들이 보기엔 웃는
것보다는 울고 있는 모습이 더 귀여웠나 보다. 그러한 사진만 가득했
으니. 덕분에 나에겐 지금까지도 오르락내리락하는 별명이 있다. 울
보, 못난이, 그리고 박호순거꾸로 읽으면 의미를 알 수 있을 것이다. 모두가 그다
지 선호하지 않는 별명만 가득했다.

　"네 이름이 뭐라고?"

삼촌은 신나서 묻는다. 삼촌한테 내 이름에 대해 배운 것 같은데 자꾸자꾸 묻는다. 얼굴에 환한 미소를 담으며 말이다.

"박호순이요."

대수롭지 않게 배운 것을 읊어댔다.

"하하하. 그렇지. 그렇지."

이게 웃을 일인 건가? 싶다가도 상대가 웃으니 나도 웃었다.

어린 내가 뜻 모르는 별명들을 내뱉으면 모두가 좋아했다. 어리둥절한 상태로 웃음에너지를 만들고 먹으며 살아갔다. 정작 나는 웃는 사람들을 따라 웃었고 내 마음은 편치 못했던 기억이다. 뭐가 그리 두려웠을까? 답이 찾기 위해 나를 돌아봤다. 시간을 거슬러 엄마 배 속의 이야기를 써 내려갔다.

시끄러운 소리가 따뜻한 물속에서 자는 나를 깨웠다. 거칠고 날카로운 것에 찔린 듯 아팠다. '무슨 일이지?' 출렁거리는 물속에서 외부의 상황에 온 신경을 모았다. 남녀가 싸우는 소리도 들렸고, 무엇인가 깨지는 소리에 내 심장도 빠르게 뛰었다. 무의식으로 써낸 알 수 없는 글에 이끌려 엄마에게 여쭤봤다. 내가 엄마 배 속에 있을 때 아빠와의 싸움이 잦았냐고. 어떻게 알았냐고 했다. 두려움의 시작점을 찾았다는 기쁨보다는 슬픔이 몰려왔다. 나 때문이라는 생각 때문에.

어린아이의 모습은 스스로 만든 것이 아니다. 관계가 시작되는 환경 속에서 타의로 정해지는 삶을 시작한다. "응애." 하고 세상을 향한 울음을 터트리고 나서부터 살아 내기 위한 고군분투를 시작한다. 금수저, 은수저, 동수저···. 그리고 흙수저.

각각의 삶에도 어려운 순간은 존재하지만, 더 좋은 수저를 가지기 위한 생존게임을 하느라 여기저기 아우성의 소리가 들리기도 한다. 나 또한 내가 가진 것에 불만을 품고 더 좋은 것을 가지기 위해 나를 외면한 채 웃어야만 했다. 나로 사는 삶이 아닌 타인에게 맞춰가는 삶을 살아야 행복할 거라 생각했다. 그러다가 성에 차지 않을 땐 어쩔 수 없이 울고 마는 아이가 됐다. 뭔가 표현할 수 없는 불편함에도 울었고, 뜻대로 되지 않았을 땐 대성통곡을 하며 감정을 내비쳤다. 나름의 생존방식을 일차원적 감정표현으로 내보였으니 나를 키워 내신 부모님이 꽤 힘들었을 것이다. 서로 말이 통하지 않는 상황에서 맞춰 가는 과정에는 서로에게 많은 시간과 인내가 필요한 법이니까. 까탈스러운 나를 독립 때까지 지켜 준 것은 부모로서 해야 할 과정을 지나온 것이다. 반대의 시간이 작용하는 부모님의 노년에는 내가 해야 할 과정을 가야 하는 것이니 세상은 참 공평하다. 어쨌든 태어남과 동시에 모든 감각이 저마다 움직여 나를 예민 덩어리, 찡얼거리는 아이로 만들었다. 스스로 힘든 존재가 되어 버린 나를 빈번하게 방 속으로 가뒀고 대화창을 닫아 버렸다. '말해 봤자'라는 생각으로.

나는 왜 이렇게 태어난 거야?
내가 왜 여기에 있어야 하는 거지?
나는 왜 혼자야?

환경 탓으로 태어난 나를 부정했고, 예민한 감각으로 나를 힘겨워했다. 결국 다시 꿀렁거리는 배 속으로 들어가고 싶었다.

모든 순간이 물음표였다.
그토록 찾고 싶은 답이 있었다.
"찾았니? 아니? 아직 찾고 있어!"

귀신을 보며 발견한 예민한 촉

✳

    초등학교 2학년 어느 월요일 아침, 강렬한 햇빛이 공작새처럼 꼬리를 활짝 펼친 모양으로 운동장을 내리쬈다. 흔들림 없는 바른 자세로 교장 선생님의 이야기를 들으며 서 있었다. 별안간 여러 개의 해가 나를 녹이기라도 할 것처럼 강렬하게 내비쳤다. 식은땀이 땀구멍을 타고 흘러내렸다. 이상한 느낌을 감지했다. 순간 번쩍거리는 몇 번의 불빛과 함께 온몸에 힘이 빠진 아이는 운동장에 철퍼덕 쓰러졌다. 어느 정도의 시간이 흘렀는지 알 수 없었으나 가느다란 몸은 먼지 날리는 운동장 대신 폭신한 양호실 침대 위에 눕혀져 있었다. 그 이후로도 자주 숨이 안 쉬어지는 순간을 마주하고 나면 식은땀과 함께 하얀 밀가루를 뒤집어쓴 얼굴로 대정전 시간을 맞이했다. 때때로 딱따구리가 뒤통수를 쪼아대기 일쑤였고, 날카로운 칼날에 찔리는 고통으로 주저앉기도 했다. 징징거리는 나를 붙잡고 병원에 가서 이런저런 검사를 해 보아도 결과는 언제나 아무 병도 아니란다. 울고불고할 만큼 아픈데 병이 아니라고 하니 난 꾀병을 부리는 아이가 돼 버렸다. 진짜 아픈데.

지금이야 그런 것들이 공황장애라는 병명으로 치료 대상이 되었지만, 그땐 그런 병명이 없었다. 아픔도 앞서가는 존재였나 싶다. 갑자기 죽을 수 있겠다는 생각에 스스로 비운의 여주인공을 자처했다. 그러던 어느 날, 할머니의 이야기가 쓸데없는 걱정으로 마음 한구석을 꽤 오랜 시간 차지했다.

"글쎄 310호 아줌마가 꿈을 꿨는데 우면산을 헤매고 있었는데. 그리고 계속 올라가다 보니 나무 옆 땅이 보이더래. 그곳을 파야겠다는 생각이 들어서 땅을 팠는데 부채랑 방울이 들어 있었다더라. 꿈이 하도 희한해서 꿈대로 그곳을 팠더니 부채랑 방울이 있더래! 그렇게 그 아줌마가 신내림을 받았데. 희한하지 않네?"

어른들의 이야기를 들으면서 잊어버릴 법도 한데 '나도 그런 꿈을 꾸면 어떡하지?'라는 불안감을 느꼈다. 그리고 아직도 생생해서 떠나지 않는 이야기를 붙잡고 있는 내가 더 희한했다.

초등학교 때는 꽤 자주 불쑥불쑥 나타나는 귀신의 등장으로 무서움의 시간대를 지나왔다. 그러한 이유로 롤러코스터보다 귀신의 집이 무서웠다. 여름이면 티브이 속에 등장하는 귀신들이 끔찍했다. 〈전설의 고향〉은 특히나 더 많이. 그래도 다행인 건 4대째 내려온 모태신앙 덕분에 눈앞에 보이는 두려운 것들로부터 지켜 주는 커다란 보호막의 도구였다. 십자가와 묵주가. 귀신이 어린아이의 눈에 더 잘 보인다는 것은 영혼이 맑아서라고 말하면서도 한편으로는 몸이 약해서였다고 생각했다. 그런데도 또 그것만은 아니라는 듯 미주 횡단할 때의 경험을 생각하면 머리가 쭈뼛한다.

미국 생활을 접고 한국으로 돌아오는 마지막 일정이 미주 횡단이었다. 15박 16일의 빡빡한 일정과 비용 절감을 위해서 교체 운전하며 밤새 달려온 중부의 어느 곳이었다. 양치와 함께 세안하려고 들른 Rest Area.

비몽사몽 잠이 덜 깬 상태로 화장실에 들어가 볼일을 보고 있었다. '쿵' 하고 옆문이 닫히는 소리가 들렸다. '누가 들어왔나?' 아무 생각 없이 나와서 손을 씻는데 물이 나오지 않았다. 대수롭지 않게 생각하고 센서에 손을 맞추기를 여러 번 하는 중 옆 세면기에서 물이 나오는 것이다. '아, 이건 고장 났나 보네?'라는 생각과 함께 물이 나오는 곳으로 이동하며 양치를 시작했다. 그런데 누가 장난하는 것처럼 나왔던 곳에선 물이 안 나오고 방금 센서와 씨름했던 곳에서 물이 흐르는 것이

다. 등줄기에 한기가 느껴지는 순간 '쿵' 하는 소리와 함께 나를 향해
'너 이래도 모르겠어?'라고 말하는 듯 아무도 없는 공간의 문이 닫혔
다. '아…. 아악' 칫솔을 입에 물고 초인적인 힘까지 동원하여 무시무
시한 공간을 빠져나오고 나서야 알게 됐다. 그 지역, 그 공간에 고스
트 출몰이 빈번하다는 경고판이 있었다는걸.

　지금까지도 이 이야기를 하는 순간엔 그 시간, 그 공간으로 모든 감
각이 이입되어 몸이 얼어 버린다. 정말 있다. 그저 상상력일 거라는
생각으로 살아왔다. 무서운 경험을 하고 나니 오히려 나의 감각이 대
견했다.

　어려서부터 이유 없이 자주 아팠던 나였고, 가끔 보이는 귀신도 무
서웠다. 할머니께 들었던 이야기가 나의 꿈에 나타나지 않길 기도했
고, 아무에게도 들키고 싶지 않았다. 혹시나 그러한 이야기를 듣고 그
누군가가 나에게 신내림을 받으라고 할까 봐. 그런데 알고 보면 몸이
많이 약했던 나였고, 예민한 감각이지만 촉이 좋았다. 그때의 나를 두
고 어느 무당집에서는 신내림을 받으라고 했을 테지만, 지금은 직감
을 따라가면 된다고 말한다.

　이제야 인정한다. 나의 예민한 감각을. 인정하기까지는 많은 시
간과 힘겨움이 필요했다. 쓸데없거나 소중한 감각이 살아 있다는 것
에는 일장일단이 있다. 타인에게는 보이지 않는 것의 출현으로 두려

움이 극에 달하기도 하지만, 내면세계를 복잡하면서 풍부하게 들여다
볼 수 있다. 긍정적인 감정을 다른 사람들보다 강하게 만끽할 수 있으
니 그저 나를 인정하면 되는 것이다.

++
+

귀신보다 더 무서운 건

일어나지도 않은 일을 상상하는 거야.

특별함이 때론 피하고 싶은 재능일 수도 있겠네.

✳

탯줄을 끊고 첫 들숨을 시작하며 이어지는 관계.
유일하게 선택할 수 없는 선택되는 관계.
바로 가족이다.

관계로 인해 울고 웃는 많은 감정을 경험한다. 함께 살아야 하는 인
내의 시간도 걸어가야 한다. 가족은 나에게 인생의 쓴맛을 먼저 맛보
게 했다. 나의 든든한 뒷배가 되어야 할 관계가 끊어 내고 싶은 것이
었으니, 고되었던 경험들이 보란 듯이 아우성 중이다.
태어날 때부터 그랬다. 비교 대상에서 떨어지는 나.
기억에서 삭제한 친할머니는 어린 나를 등에 업는 엄마가 탐탁지 않

았다. 내가 계집애라는 이유로. 엄마에게 들었던 말이 여전히 나의 맘속에 박혀 있다는 건 친할머니를 이해하고 싶지 않기 때문이다. 유독 남아 선호 사상에 집착했다. 연년생인 오빠를 어르고 달래며 편애했던 기억이 생존본능을 자극했다. 그리고 뭐든 잘해야 한다는 강박으로 나를 억압했다. 부모님의 좋은 유전자를 고르고 모아 태어난 오빠로 인해 결핍 덩어리의 내가 되었다.

"같은 배 속에서 태어났는데 왜 너는 그렇게 까탈스러운 거야!"

"오빠는 공부 잘하는데 너는 성적이 왜 이 모양인 거야!"

어떤 상황에서도 비교하지 않는 순간은 없었다. 모두가 같을 수는 없다. 더욱이 모두 잘할 수 없는 거다. 뭐 오빠라고 틈이 없겠나? 첫 끗발이 개 끗발이란 말도 있다. 그렇게 되길 간절히 바랐다. 진심으로.

처음 가족들과 관계를 맺고, 그들에게 인정받기 위한 지나친 오지랖이 스스로 괴롭히는 부작용을 만들었다. 눈치를 잘 살피면 오빠가 혼날 때 나는 피해 갈 수 있다는 사회생활을 터득했다. 그렇게 가족에게 희로애락보다는 예민하게 살아가는 법을 배웠다. 원만한 관계의 오빠와 달리 나는 모든 감각을 곤두세우고, 받아들이고, 반응하며 살았다.

때때로 오빠에게 동생이 아닌 누나처럼 군림하고 싶은 나였다. 그것에 대해 군기를 잡으려는 오빠의 행동이 싫었다. 부모님께 고자질하면 오빠에게 대드는 못된 나의 탓으로 더 혼났다. 가족에게 이해받기를 원하지만 그러지 못할 거란 판단으로 행동과 마음은 각각 제 갈 길을 떠났다. 상처받은 나는 오뉴월의 한을 품고 두고 보란 심정으로 원망의 대상자를 찾아다녔다. 바라고 바라면 이루어지는 법이다. 나의 간절한 바람으로 20대부터 상황은 역전됐다. 기대에 부응하지 못한 오빠는 부모님의 아픈 손가락이 됐고, 별 볼 일 없었던 나는 믿고 보는 사람이 됐다. 그동안 맺힌 한을 풀 듯, 할 수 있는 최대한 내 멋대로의 삶을 살기 시작했다. 볼멘소리하면서.

'나에게 해 준 게 뭐야. 낳아 놓고 뒷바라지 안 해 줬잖아. 바라지도 않아. 그러니 내가 하는 거 뭐라 하지 마.'

더 이상 간섭하지 말고 바라지도 말라는 미운 마음을 가득 담고 살았다. 혼자 잘난 척하면서. 오빠의 몰락을 바랐던 나였다. 못된 마음을 품고 살았던 나에게 해방을 알리는 한마디의 말을 오빠에게 전해받았다.

"얘가 참 힘들었을 거야. 나 때문에 비교당하며 기 펴지 못하고 살게 해서 미안했어."

　큰삼촌의 장례식장에서 신랑과 이런저런 이야기를 하다가 나온 한 마디로 인해 몇십 년 쫓아다녔던 추격자는 허탈하게 주저앉고 말았다.

　'나만 피해자가 아니었구나.'
　'오빠는 또 다른 짐을 지고 살았겠네.'
　'왜 나 혼자 경쟁하고 살아오느라 이렇게 힘들었지?'
　'물보다 진한 피로 맺어진 관계인데 왜 여기서 허우적거렸니?'

　수많은 물음표가 떼거리로 몰려들었다. 또 바빠진 마음속이지만 적어도 온기로 가득해서 다행스러웠다. 한편으로는 가장 가까운 관계로 경쟁을 붙였던 부모님 또한 마음이 편치 않았을 수도 있겠다는 생각과 함께 미션의 문이 열리듯 이해의 폭이 확장됐다.

　'아…. 오빠를 이기려는 노력에 한순간도 쉴 수 없어 힘들었지만, 매 순간 최선을 다해야 했기 때문에 성장 할 수 있었구나. 이젠 자유로울 수 있어서 감사하네. 고마워 오빠.'

결핍은 없는 것이 아니다.

이미 가지고 있는 것을 제대로 보지 못하는 것이다.

누구나 저마다의 십자가가 있는 거야.

낭떠러지 끝에서
자신감으로 산다는 건

✳

　엄마는 나를 낳고 교사라는 전문직을 내려놨다. 아기인 나를 돌보기
위함이기도 했지만, 아빠의 월급봉투를 받아 보지 못했다고 했다. 그
러한 아빠의 책임감을 강화하기 위함으로 맞벌이를 그만뒀다. 맞벌이
하지 않으면 월급봉투를 가져오겠거니 했다. 그게 그렇게 쉽나? 가족
보다는 아빠 본인에게 쓰던 가락이 있었고, 즐기던 생활 방식대로 살
게 되니 돈으로 생기는 싸움이 늘었다. 엄마는 다시 일을 시작해야 했
다. 내가 기억하는 엄마의 집안일은 어린 우리가 밖에서 놀다가 들어
오면 현관 앞에서 홀라당 옷을 벗겨 세탁기에 넣는 일이 전부였다. 따
뜻한 엄마의 집밥이 기억나지 않는 걸 보면 살림보다는 일을 더 잘하
는 사람이었다. 다시 일을 시작한 게 다행이었다. 남대문 시장에서의

옷 장사는 한마디로 대박이 났다. 가게마다 고무줄 달린 빨간 바구니가 천정에서 머리 위에 대롱대롱 달려 있었다. 지폐가 차고 넘쳐서 떨어지는 것을 주워 담는 엄마의 모습엔 생동감이 꽉꽉 차 있었다. 고무줄 탄성으로 오르락내리락했던 바구니 덕분에 다른 사업을 추가했다.

가족 구성원마다 다른 사연 덩어리를 가지고 있기에 틀어진 기억으로 적을 수밖에 없지만, 자식들을 먹여 살리고 형제를 도우려는 마음에 시작된 일임은 분명했다. 사람을 믿어서 생긴 엄마의 선택으로 저녁마다 초인종을 누르며 돈 달라는 사람들이 등장했다. 혹시나 들이닥칠 빚쟁이들 때문에 불을 켜지도 못한 채 무섭기는 했지만, 어두운 방 안에서 공부하지 않아도 된다는 단순한 행복감으로 하루하루를 보냈다.

숨을 죽여 가며.
죽은 듯이 숨바꼭질하며.
아…. 이제는 어떻게 버텨야 하지?

빈번한 귀신과의 만남, 픽픽 쓰러지는 몸과 마음이 성치 않은 예민 덩어리. 그때부터 구체적으로 생각했다. 죽고 싶다고. 가뜩이나 맞벌이하는 부모님들께 따뜻한 정보다는 물질적 보상으로 살아왔던 터라 물질까지 없어지는 상황이 끔찍했다. 그렇게 많은 시간을 보내던 어느 날, 몸집이 큰 덩치꾼이 엄마를 끌고 가다시피 하는 과정을 목격했다. 그 순간 내가 할 수 있는 최선의 일은 덩치 아저씨 다리를 붙잡고 엄마를 살려 달라고 애원하는 것이다. 엄마를 어디론가 데려가 다시는 보지 못할 수 있다는 두려움에 목놓아 울었다. 귀신을 볼 때보다 더 무서운 순간이었다. 그렇게 겪지 않아도 될 만한 상황이 지나고 나니 검은색 양복을 입은 사람들이 몰려와서 집 안에 있는 물건에 빨간 딱지를 붙였다. 저승사자처럼 사람이 아닌 물건을 잡아들였다.

엄마를 제외한 세 명의 식구는 배정받은 중학교 근방 큰아버지 댁으로 들어갔다. 생각해 보면 세상은 참 공평한 것이 맞다. 놀이동산이나 유원지를 놀러 다니며 세상 부러운 것이 없었다. 그러나 이제는 엄마가 만들어 준 물질의 세상에서 가장 슬픈 비련의 여자 주인공이 됐다. 부모님 아니 엄마를 원망했다. 왜 사업을 확장해서 남의 집에 얹혀살아야 하는지. 책임지지도 못할 나를 낳아서 방목하듯 내던져 놓은 건지. 아무도 없는 빈방에서 이불을 뒤집어쓰고 우는 게 나의 최선이었다. 퉁퉁 불은 수제비를 눈에 붙이고 일어나는 것과 함께.
큰아버지 댁에서 마주한 인생 첫 고비는 어느 곳에서도 눈치껏 행동하는 사람으로 만들었다.
매 순간 어려움의 결승점에 도달했다고 생각했다. 그래야 참을 수 있었고, 살아갈 수 있었다. 그 시절 일기장엔 다양한 방법의 죽는 법

제1장 나를 가두다

을 적었다. 더 이상 힘들면 나도 나를 지켜 낼 수 있을지 알 수 없었기에 한순간도 방심할 수 없었다. 그렇게 2년을 살다가 다시 엄마와 함께했다. 손자보다 손녀딸을 이뻐하셨던 나의 든든한 백 외할아버지와 외할머니도. 할머니의 특별한 간식타임이 행복했고, 할아버지 반주상 앞에 앉아 있는 것도 즐거웠다. 길게 바랐던 행복 사이클은 짧았다. 행복을 누리기엔 아직 모자란 고생의 경험치였다.

'한 번도 하기 힘든 경험을 왜? 또?'

고3 때였다. 익숙하지만 두려움의 빨간 스티커가 집안 곳곳에 붙어 있었다. 과거의 기억이 불안감과 함께 허락도 없이 밀치고 들어왔다. 학력고사를 얼마 앞두고 일어난 일이라서 마음은 걷잡을 수 없이 휘몰아쳤지만, 학생이니 본분의 일을 해야 했다. 미대 입시를 준비했던 나는 화실을 제일 먼저 끊어야 했지만, 원장 선생님의 배려로 입시까지 준비하여 전문대에 합격했다. 마음은 4년제의 대학을 준비하고 싶었지만, 당시 어려웠던 집안 분위기 때문에 재수하겠다는 마음을 고이 간직한 채 자격지심을 품고 입학했다.

두 번째 딱지로 인한 아빠와 나의 목적지는 고모네였다.
빨간 스티커가 주는 다양한 경험의 장!

3명의 언니가 있었고, 내가 들어간 공간엔 이미 2명의 언니가 생활하고 있었다. 언니들이 있어서 좋은 점은 옷을 함께 공유할 수 있는 것과 여자끼리 공감하는 이야기를 할 수 있는 것이다. 감사하게도 나에겐 관대한 언니들이어서 많은 어려움은 없었다. 약간의 눈치라고 한다면 언니들이 싸울 때 피할 수 있는 공간이 없었다는 점이다. 한 다리 건너에 있는 내가 옷을 입고가면 문제가 없었는데 같은 성씨의 언니가 입고가면 여지없이 문제가 생겼다. 가족과 이방인과의 관계를 자매들을 통해 배웠다.

 나의 대학 생활의 대부분은 과제를 하느라 밤을 꼴딱 샜다. 비몽사몽 수업에 들어갔어도 그냥 마냥 즐거웠다. 글자를 머릿속에 주워 넣는 것보다 머릿속의 생각을 그림으로 그리는 시간이 신났다. 정해져 있는 이론 수업보다는 자유로운 상상을 할 수 있는 시간이 나로서 살아 숨 쉬는 시간이었다. 여러 가지 재미난 아이디어를 짜고, 그림을 그리고, 교수님들께 결과물을 제출했던 과정들이 나에겐 풍성한 성취감을 줬다. 짜도 짜도 안 나왔던 아이디어는 기한을 남기고 불쑥 떠올랐고, 교수님들의 관심과 대학 내내 받았던 장학금으로 자신감이 붙었다. '나도 잘하는 게 있구나. 나도 할 수 있구나. 가능성이 없는 아이가 아니구나'라는 마음속 이야기가 온몸을 휘감았다. 잘난 오빠와의 비교로 왕따의 나만 있다고 생각했는데, 사람은 좋아하는 것과 잘하는 것을 해야 한다는 걸 스스로 깨우쳤다. 뭐 딱히 깨우치지 않아도 모두가 알 수 있겠지만. 누구의 통제 없이 자유롭게 이뤄냈던 결과물 덕분에 땅끝마을에 있는 자신감을 데려왔다. '나도 할 수 있다'라는 용기가 손을 잡았다. '그까이 꺼. 해 보는 거지 뭐. 아니면 말고'라는 가벼움으로 시작하는 방법을. 가벼움이 무거움으로 대치되는 수많은 순간을 맞이하겠지만 뭐 또 아니면 말고.

그래, 무엇이든 나쁨의 연속이 될 수는 없다.
더 이상 떨어질 곳이 없으면, 반드시 올라갈 수밖에 없으니.
어둠에서 밝은 빛으로 전환되는 시간이 필요하단 말이지!

감추고 싶은 이야기를
드러낼 수 있는 용기

✳

'많고 많은 어렵고 힘든 이야기 중에 빠지면 섭섭한 소재! 가정폭력이 빠지면 안 되겠지.'

'라떼는 말이야! 하면서 하나, 둘 이야기를 꺼내다 보면 겹치는 너와 나의 이야기.'

그러나 누가 먼저 꺼내기 힘든 이야기다.

두려움과 상처만 가지고 있는 결정체라서 굳이 마주하고 싶지 않은 사진이다. 그런데도 꺼내어 볼 수 있다는 것은 무덤덤해지거나 이해할 수 있는 나이기에 가능했다. 언제나 늘 그랬다. 아빠의 퇴근 시간이 늦어지면 몸이 눈치를 보며 굳어 갔다. 오늘은 운 좋은 날인지 숨어야 하는지 살피면서 살아날 궁리를 해야 했다.

"너희 숙제했어?"

"시험 준비는 어디까지 한 거야!"

"문제 푼 것 가지고 와 봐…. 이건 왜 틀린 거야!"

'아빠는 왜 술만 마시면 그 늦은 밤에 온 식구를 불러내는 걸까? 술 없이는 가정교육이 불가능한 걸까?'

아빠가 언제나 기분 좋길 바랐지만, 현실은 늘 그 반대였다.
매일 아침 오빠와 나는 음악과 함께 일찍 일어나서 국민체조를 했다. 초등학교 방학 때였던가? 주말 아침이었던가? 전날 놀이터를 신나게 뛰어다니며 피곤했던 오빠와 나는 늦잠을 잤다. 우리를 기다리는 건 아침 인사가 아닌 소파에 기대어 있는 야구방망이였다.

'뭐 좀 늦잠 잘 수도 있는 것 아닌가?'

이해할 수 없었다. 어린이는 어른의 행위를 거부할 수 없었고, 나의 차례를 기다리며 아빠의 힘이 좀 빠지길 기도했다. '나 잘못하지 않았는데?'라는 속마음과 조금 덜 맞고 싶은 거짓말로 잘못했다며 손을 비벼댔다.

'쉬는 날 조금 늦게 일어나는 게 꿀맛인데 말이지!'

우리에게 허락되지 않았던 꿀맛은 아빠의 기분에 따라 먹을 수 있었다. 기분파인 아빠의 말과 행동은 앞뒤가 맞지 않았다. 우리는 어떤 보기를 기준으로 두고 따라가야 할지 망막했다.

중1 때였다. 매주 찾아가는 것도 아니고 한 달에 한두 번. 정에 고파서 보고 왔던 엄마.

'엄마' 하면 생각나는 단어는 "그만 울어!"였지만, 그래도 그리운 엄마였다. 모처럼 만나러 가면 인사로라도 안아 주니 그 한번을 위해 달려갔다. 난 아직 아이였으니까. 엄마와 할아버지, 할머니는 정에 고픈 아이에게 이것저것 담아 줬다. 충전하고 돌아온 길에 나를 기다린 건 다행히도 야구방망이가 아닌 아빠의 손찌검이었다. 그나마 더욱더 다행이었던 것은 술에 취한 아빠가 아니었다. 학생이 시험 준비하지 않고 어딜 다녀오는 것이냐며 이 악물라는 주의와 함께 거침없이 얼굴을 내리쳤다. 분노가 가득했던 손바닥의 기운이 아직도 잊히지 않는 걸 보면 충격파가 컸었나 보다. 내리치는 방향으로 왔다 갔다 휘청였다. 방 안의 악몽을 깨워 줄 거실 속 어른들에게 도움을 요청했지만, 어른들은 잠꼬대로 여겼다. 시뻘건 그림이 얼굴에 완성되고 나서야 현실로 돌아올 수 있었다. '내일 학교에 가서 뭐라고 말해야 하지? 애들이 놀릴 텐데'의 여러 가지 생각과 함께. 맞아서 아팠던 상황보다 아빠에게 맞은 걸 들키고 싶지 않았다. 어떻든 아빠니까. 그리고 어떻게든 나는 평범하고 행복한 사람이 되고 싶었으니까. 그렇게 지키고 싶은 아빠의 폭력은 우리가 자랄수록 거칠어졌다.

그러던 어느 날, 아빠의 손을 제압할 수 있게 된 오빠는 맞지 않고 맞설 수 있었고, 아빠를 밀쳐 냈다. 아마 아빠도 이젠 힘으로는 안 되겠다고 생각하셨나 보다. 어떻게든 가장의 위엄을 보여 주기 위해 사물을 때려 부수고 요리의 도구를 빌려 위협했다. 다행하게도 딱! 거기까지였다. 다행히도. 우리도 아빠가 그 이상의 상황까지 가지 못하게 도와야 했다. 아니면 다행하지 못 할 일이 생길 테니까. 들릴 수 있을까 말까 하는 아빠의 발소리에 귀를 기울였다가 눈앞에서 사라져 줬다. 초저녁이나 새벽녘에 맨발로 도망치거나, 행거 밑으로 몸을 웅크리고 아빠가 어서 잠들길 기다리는 것으로.

폭력. 특히나 음주 후 폭력은 술을 끊어야만 멈출 수 있다. 당연한 이야기다. 제정신을 차리려면 술을 마시지 않으면 된다. 그런데 그게 뭐 맘처럼 쉬운 일인가. 죽을병에 걸리거나 죽을 각오가 있지 않다면 뭐, 끝까지 마실 테지.

아빠의 음주 후 미쳐 가는 모습을 보며 '언제쯤이면 이 지옥에서 빠져나올 수 있을까'에 대한 생각으로 살았다. 빨리 집을 나올 수 있는 시간이 오기만을 기다렸다. 왜 그땐 경찰에 신고하지 않았을까? 생명의 위협에도 아빠를 지키고 싶었던 걸까? 아니면 너무 무서워서 몸이 움직일 수 없었던 걸까? 또다시 물음표를 마주했다. 성인이 된 내 모습에서 아빠가 보였다. 나도 술을 마셔 보니 알게 됐다.

'아 숨 쉬려고 그랬구나.'

'아 외로웠구나.'

'그래도 아빠처럼 주사 부리지 말아야지. 술을 마실 때는 행복해야지.'

생각과 다르게 행복한 미소로만 마시지 않았다. 즐기는 음주가 아닌 위로의 음주가 되다 보니 폭음하며 울었다. 주사 중에서 제일 보기 싫은 것을 내가 했다. 서러운 것이 뭐가 그리도 많은지 아직도 귓가를 맴도는 처절한 울음소리. 맨정신으로 할 수 없는 내 맘속 이야기는 술

정신으로 도란도란 나눴고, 쏟아 내는 눈물을 끝으로 정신을 놓았다.

평범하게 이야기할 수 있던 것도 자존심이 허락지 않아서 맘속에 저장했다. 쩨쩨해 보이지 않기 위해서 참는 척했다. 내 모습으로 살기보다 모두가 보기 좋은 모습으로 참다 보니 폭발하는 장소는 집이었고, 폭발하기 위한 도화선은 술이었다. 전적으로 아빠의 마음을 조금이나마 이해할 수 있는 건 내가 아빠의 마음과 같았을 때였다. 정신을 놓고 마시는 술자리에서야 나를 풀어줬고 아프기만 한 과거의 상처를 마주 보며 어루만졌다. 도망가고 싶지 않은 나의 마음이 술의 힘으로 끌어당겼다. 괜찮다고. 죽지 말고 살아 보자고. 아빠의 마음을 이해하지만, 선택은 옳지 못한 것이 많았다. 적어도 나는 아빠와는 다른 선택을 하며 음주 총량의 법칙을 사용 중이다. 마실 만큼 마셨으니 정신 줄 그만 놓고 나를 돌보며 살 것이다. 그때는 숨쉬기를 위해 술을 마시며 정신을 놓았지만, 지금은 온전한 나의 숨을 쉬기 위해 술을 놓았다.

그때는 아팠지만,

지금은 이해해. 그리고

아빠에게서 나로 이어졌을 술버릇을 끊어 낸 지금이 너무 행복하다.

풍족한 '나'보다
그저 '나'로서 살아가는 것

✳

어린 시간 속 나는 어두움이 너무도 무서웠다. 생각하지 못한 것이 튀어나올 것 같았고, 무언가에 잡혀가기 싫어서 매일 밤 엄마랑 자겠다고 떼를 썼다. 단호했던 엄마는 어린아이에게 잠자리 독립을 강요했다. 눈에 보이지 않는 무서운 것을 말해도 들어주지 않았다. 두려움에 떨었던 나는 일부러도 아파야 했고 그러기 위해서 억지로 웩웩하기도 했다. 귀신에게 잡혀갈 것 같아서. 어린 나를 조금이라도 토닥여 주었다면 무서움에 두려워하지 않고 단잠에 잠들 수 있었을 텐데.

"얼른 가서 빨리 자!"

단호한 한마디의 엄마는 참 멋대가리 없었다. 그래서 처음 내 방이 사라졌을 때가 그리 아쉽지 않았다. 할머니랑 할아버지의 보호 안에 안전하게 잠들 수 있었으니 오히려 좋았다. 때론 공부하라는 아빠의 눈초리에도 피할 수 있는 나의 안전지대였다. 할아버지를 따라 화투 떼기 게임도 하고 신나게 티브이도 볼 수 있었으니 최고의 공간이었다.

중학교를 입학하면서 큰아버지 댁 사촌 언니 방에 책상 자리와 이부자리 공간을 허가받았다. 그때부터였다. 맘 편히 쉴 수 있는 공간을 그리워했던 시기가. 누가 뭐라 말하지 않았지만 얹혀사는 처지에 숨소리도 편안히 내지 못했다. 무음 상태로 사춘기를 맞이했고, 내성적인 아이는 말소리를 잊은 채 마음속 마이크를 붙잡고 소리를 먹어댔다. 언제쯤이면 내방이 생길까 하는 바람은 한동안 꾸준히 결핍의 방을 확장했다.

대학교 입학과 동시에는 고모네 사촌 언니들과의 합방을 시작했다. 학교와 집이 멀다는 이유로 동기생들과 작업실을 학교 근처에 얻으면서 자유롭게 살았다. 환상적인 기분을 만들어 주는 음주 시간과 맺힌 한을 풀 듯 그림을 그리는 시간이 합해졌으니 살맛 났다.

'그래 죽으란 법은 없어. 바라고 바라면 이루어지는 게 맞아.'

이 생각은 학교 다니는 2년 동안만 가능했다. 또 다른 공간이 나를 기다리고 있었으니.

엄마가 없는 가족 일부가 함께 살 수 있는 집을 얻게 됐다. 아빠, 오빠 그리고 나는 주인집 옆에 붙어 있는 두 개의 방과 외부공간에 화장실이 딸린 집에서 살게 됐다. 다 큰 계집애니까 방 하나는 사용할 만한데 그것 또한 오빠와 공유하기도 했고, 때론 밀려나서 아빠의 공간을 차지했다. 집이라는 것은 원래 따뜻하고 가고 싶은 곳이 아닌가? 아니었다. 여전히 그러한 집이 그리웠다. 가족 모두가 완전체로 함께 있을 수 있는 집과 시간을 기다렸다.

간절히 기도하고, 기도했지만 아직은 때가 아니었다. 더 경험해야 하고 견뎌내야 하는 시간이 필요했다. 취직하면서도 여전히 같은 공간에 모로 누워있는 나였지만 가졌음에 감사해야 했다. 옷걸이에 걸린 옷과 함께 숨을 쉬어 가며 겨우겨우 직장 생활을 이어 갔다. 그러나 선배의 시기와 질투를 이겨내지 못하고 6개월 만에 땜통과 함께 퇴사했다. 때마침 사촌 동생들 공부를 봐줄 선생님이 필요했고 적절하게 맞은 조건으로 이모 집에서 살게 됐다.

'역시 구관이 명관이다!'

제일 편했던 이모였지만 말 한마디와 행동 하나에 불같이 화내는 이모부가 나의 감각체를 바짝 세워 줬다. 아이들 공부를 봐주고 생활

습관을 바로잡는 사감 선생님으로 들어갔지만, 밥 한 숟가락, 반찬 하나에도 맘 편히 먹을 수 없었다. 이 정도면 눈치 보는 대회 나가면 특등 할 것이었다. 먹기 싫은 눈칫밥으로 아빠에 대한 원망의 몸집을 키웠다.

'아빠는 집안을 책임지고 가정을 이끌어 가야 하는 사람이잖아. 가장 기본적인 보금자리도 만들어 주지 못해? 자식들은 낳기만 하면 그만인 거야? 알아서 크라고? 본인은 술만 마시면 되는 거고?'

월급으로 처자식보다 친구, 동료를 챙기는 아빠를 이해하지 못했다. 사는 게 재밌는 건 반전이 있다는 거다. 원망의 마음으로 전세살이 몇 해 후, 아빠의 명예퇴직으로 인해 드디어 방 세 칸의 집이 생겼다. 십몇 년 넘게 학수고대했던 그날. 내 방을 만난 날이다!

날아갈 듯한 마음으로 가구와 소품들을 그동안의 보상이라 생각하며 맘껏 채워갔다. 환한 햇빛이 가득했던 베이지 톤의 내 방. 매일 매일 집으로 가는 길이 행복한 시간이었다. 역시나 고통의 시간을 지나고 나면 행복의 시간이 따라오기 마련이다. 그럼 그렇지! 또 다른 반전이 기다리고 있다는 걸 잠시 까먹었다. 엄마 아빠의 갈등은 내가 살아온 시간을 넘어 오빠가 살아온 시간까지 계속됐다. 함께 사는 게 힘든 관계가 있다는 걸 대부분 사람은 알고 있다. 나의 부모님이 그랬다. 방 탈출 게임을 하듯 엄마는 안방에서 나의 방으로 합류하셨고 내가 또 튕겨 나갔다. 절이 싫으면 중이 절을 떠나듯 방을 함께 사용하는 것 보다는 피하는 게 나를 위함이었다. 그렇게 난 또 집에서 제일 넓은 방. 마루를 차지했다. 모두가 들락날락하여 온전히 쉴 수는 없었던 게 아주 큰 단점이었다. 추위에 약한 나는 겨울나기가 고역이었다. 할머니는 "너는 오줌에 말려 방귀에 데쳤네? 왜 그리 추위에 약하네?"라며 이북 사투리로 놀려대곤 했다.

남녀 차별하는 말인 것 같지만 그래도 오빠가 양보하는 게 맞지 않나? 나의 속마음은 양보받기를 바라면서 또 한편으로는 마음보다 몸이 불편한 게 낫다고 생각했다. 반면 세 명의 가족에게 불편함을 감수하고 있는 나를 알아달라는 고함을 쳤다.

"TV 소리 좀 줄여 줘요! 시끄러워 잠을 못 자겠잖아요!"

"엄마가 내 방에 들어와서 나를 여기로 내몬 거잖아요!"

"오빠는 양보할 마음도 없잖아."

"아빠는 엄마랑 잘 지낼 수 없는 거예요?"

때때로 가족들에게 소리를 질러가며 온몸으로 양보하는 행동과 피해자 흉내를 냈다. 나 말고 다 불쌍한 사람이라며 측은하게 보면서도 나를 제일 위의 선상에 배치했다. 뭐가 그리 잘나고 싶었던 건지. 뭐를 위하는 것으로 생각했는지. 자신에게 제일 못 된 나였다.

방이 있을 때는 탈출하고 싶어 하더니 방이 없으니 없다고 안달이다.

'도대체 원하는 게 뭘까?'

다행스럽게도 이제야 알게 된 나의 마음.

없는 것에 나의 욕구를 채우려 한다면 있는 것도 보지 못하는 결핍 상태가 된다. 지금 누리고 있는 많은 것에 감사하며 오늘을 채운다.

뭐가 있고 없고가 중요한 게 아닌
지금의 나로 살아가는 게 행복이다.
자신에게 제일 불친절한 나였기에 불행했다.

생각으로 만드는
지옥과 천국

✳

　매 순간 뭐가 그리도 힘들었는지 숨을 제대로 쉬지 못한 날이 많았다. 밥 한 끼를 먹을 때에도 선택이 힘들었던 삶이다. 중요하거나 단순한 결정에도 후회로 가득했다.

　'단톡방에서 나가면 사람들이 이상하게 생각하려나?'

　'내가 왜 공부한다고 말했을까? 그만둔다고 말하면 허풍 떠는 사람으로 생각하려나?'

　다양한 생각들이 머릿속에 가득했다. 생각만도 힘든 머릿속인데 눈앞의 장면들이 더할 때면 한마디로 숨이 턱 막혔다. 티브이 속 동물의 사냥하는 모습을 보며 밥을 먹을 때였다. 작은 언덕처럼 쌓아놓은 돈가스를 먹고 있는 나는 힘없는 동물을 잡아먹는 티브이 속 사자처럼 느껴져 비위 상했다. 어항이 있는 음식점에서 움직이는 물고기를 보며 밥 먹을 땐 시선 처리가 필요했다.

트라우마처럼 아직도 선명한 어릴 때의 기억 때문이다. 아무런 준비 없이 찾은 노량진 시장에서의 공포로 가득한 기억 속 장면. 팔딱거리는 물고기 머리를 도마 위로 튀어나온 길쭉한 꼬챙이에 꽂아놓고, 아가미 밑 칼질과 함께 껍질을 쭉 벗겼다. 놀란 마음으로 몸이 굳었고 그 이후로 생선을 멀리했다.

무섭거나 안쓰러운 영상과 현실의 장면은 심장을 얼게 했고, 생각은 죽음으로 내몰았다. 이유도 모른 채 매 순간을 긴장 상태로 살았기에 숨쉬기가 힘들었다. 편한 아이가 아니라는 이야기를 가족들에게 듣고 살았다. 그런데도 만나는 사람들은 저마다 가지고 있는 금고 속 비밀 이야기를 거침없이 전달해 줬다. 처음 만난 사람조차도 가족들에게도 말하지 못한 이야기를 왜 하고 있는지 모르겠다는 말과 함께 무장해제하곤 했다. 들어주는 것이 시작이었는데 상대의 이야기로 내 삶을 연결했다. 행복한 이야기보다 힘들고 처절한 사연이 많았다. 몰입하여 듣고 가슴 아파했다. 안절부절못하며 나 자신의 괴로움은 무시한 채 어떻게 하면 그들을 도울 수 있는지 생각했다. 타고난 공감 능력의 사용법을 몰랐다. 타인이 아픈 만큼 나도 아프고 괴로웠다. 비련의 여주인공을 자처하며 죽고 싶은 상황을 만들었다. 상대방의 정신적이거나 물질적인 문제를 해결해 주려는 생각과 행동에 내가 힘들었다. 인간관계로 인해 생긴 문제로 뒤통수를 휘갈기게 맞았고, 그로 인해 생긴 억울함과 서운함을 마음에 꾹꾹 눌러 담았다. 언제나 괜찮은 척을 하면서 자기최면을 걸었지만, 착각이라고 찾아오는 위경련과 불면증.

　매 순간 생존게임 중이었기에 그날도 그런 날의 하루일 거로 생각했다. 허연 얼굴로 응급실행을 들락거리던 일주일. 이모네 집에서 하룻밤을 자고 있던 날 배가 꼬이기 시작했다. 화장실에서 나오다 바로 주저앉았고, 구운 오징어처럼 오그라드는 사지에 경련과 함께 119에 실려 갔다. 위액을 토해 내고 진통제를 투약받고 나서야 숨이 천천히 쉬어졌다. 그리고 나서 들리는 이모의 흐느끼는 목소리.

"어떡해. 어떡해."

　눈을 떠보니 이모가 지인분과 심각한 표정으로 이야기를 나누고 있었다. 그 이후 휠체어에 축 늘어진 나를 데리고 간 곳은 정신건강의학과 상담실 앞이었다. 몸 안의 에너지가 고갈된 나는 한쪽으로 비스듬히 기대어 순서를 기다렸다. 진료실 안으로 밀려들어 간 내 앞에는 세상 다정한 모습의 의사 선생님이 따스한 눈빛으로 나의 이야기를 기다리고 있었다. 그 눈빛 하나에 울음이 터져 나왔고 바라보는 따스함에 위로가 됐다. 세상이 무너질 듯 울고 있는 나에게 흐름을 방해하지 않을 듯한 소리로 휴지를 뽑아 건네주시는 모습에 그저 감사했다. 들썩거리는 어깨가 안정될 때까지 기다리며 입원 치료하면 좋겠다는 따스한 소견을 전해 줬다. 나는 힘없이 고개를 끄덕이고는 또 하나의 경험을 추가했다.

집 안팎의 많은 일을 나의 어깨에 올려놓고 해결을 원했던 시간에서 외롭게 투쟁했고 해결사로의 역할에 충실했다. 외로움을 달래고자 북적거리는 사람들 속으로 나를 밀어 넣고 행복하다고 착각했다. 그 안에서 관계로 인한 힘든 시간을 만들었다. 그런 나를 제일 안쓰럽고 사랑으로 봐준 것에 바로 내 몸이었다.

'그만하라고!'
'좀 쉬라고!'
'너 좀 바라봐 달라고!'
'이러다가 정말 너 큰일 난다고!'
'그래! 네가 알아듣지 못하니 내가 강제로 너를 쉬게 해야겠어.'

덕분에 난 쉴 곳이 생겼다. 5인실의 침대. 며칠 동안 기나긴 잠을 잤다. 독한 약 덕분에 그동안 밀린 잠을 아무 걱정 없이 자고, 또 자는 잠자는 숲속의 공주가 됐다. 기다리던 왕자 대신 온 담당 교수님은 그만 누워있고 산책 좀 하라는 말만 되풀이했다. 생각의 고리를 끊어 주는 듯한 약에 축축 늘어지는 몸이 되었는데 졸린 약을 처방하고서 움직이라니.

두 개의 추가 달린 눈꺼풀을 필사적으로 치켜뜨고 하늘공원이라는 병원의 산책 공간에서 운동도 하고, 책도 보고, 그림과 함께 내 생각을 적었다. 나만의 시간과 공간에서 행복감을 느꼈다. 보통의 사람들은 병원 생활이 싫어서 어떻게든 퇴원하고 싶어 한다는데 나는 그 공간이 나의 보호막처럼 느껴졌다. 병원에서의 나는 스치고 지나간 찰과상 정도의 환자였다. 움직임 없는 몸짓과 초점 없는 눈빛의 산후우울증 환자에겐 운동을 챙기는 언니였다. 오른쪽 침상의 고등학생은 격리병동에서 내려온 지 얼마 되지 않은 환자였다. 반듯하고 착실해 보이는 학생의 왼쪽 팔목엔 여러 개의 팔찌로 과거의 행위를 가렸다. 24시간 환한 불빛 아래 감시와 통제 속에서 겨우 빠져나왔다고 했다. 그 아이의 눈빛과 행동도 산후우울증의 환자와 비슷했다. 눈빛이 흐리고 생각은 정지상태였다. 그때까지만 해도 평화로웠다. 조용함 속에서 나를 마주할 수도 있었고 모두가 잠 속에 빠져 있었기에 평온했다.

그러던 어느 날 대각선 침상에 60대 후반의 환자가 들어왔다. 입원한 지 얼마 되지 않은 시점에 간호사를 찾았다. 똥이 나오지 않는다고 약을 달라고 미친 듯이 소리 질렀다.

'그래 그럴 수도 있지. 변비가 심한 나는 이해할 수 있지. 그렇지만 30분마다 울부짖는 건 좀 아니지 않나?'

점점 더 히스테릭한 목소리로 변해서 "똥똥똥." 똥이 안 나온다고 울부짖었다. 조용해서 좋았던 그 공간이 순식간에 전쟁통으로 변했다. 공간에 대한 안정감을 그 환자에게 빼앗긴 기분이었다. 바로 담당의에게 퇴원해도 되냐는 간곡한 눈빛을 보냈다.

"언제든지 환자분이 퇴원하고 싶은 마음이면 퇴원하셔도 돼요."
"아 정말요? 네 그럼 당장 오늘 퇴원해도 될까요?"
"네. 퇴원 절차 확인해 보고 진행하겠습니다."

그러자 알 수 없는 안도감이 들었다.

'저 울부짖는 환자에 비하면 나는 이만해서 다행이네. 괜찮은 거네. 여기서 빨리 나가야겠다.'

몇 시간 전만 해도 환자에게 성이 잔뜩 났는데, 지금은 그녀가 고

마웠다. 어찌 보면 그녀가 나에게 병원에서 벗어나도 되겠다는 확신을 심어 준 셈이었다. 생각이 바뀌자 상황이 다르게 보인 거다.

언제나 상황과 사람에게 신경을 몰두하고 생각에 꼬리를 끝도 없이 연결했다. 그러다 보니 온전한 나의 숨을 쉴 수 없었다. 온전한 숨을 쉴 수 있다면 쓸데없는 잡념은 나에게 다가올 수 없게 된다. 그저 지금의 평온함에 머물 수 있게 된다. 생각 때문에 병이 생겼고, 생각 덕분에 평온해졌다.

공기가 한순간에 바뀌었다. 평온에서 전쟁터로
덕분에 난 퇴원했다.
생각의 전환이 가져다준 치료제

실패는 없다.
과정만 존재할 뿐

＊

　사회생활을 하다 보면 지금껏 학교에서 배워 온 것들은 시작에 불과했다. 매번 새롭게 배우고 익혀야 하는 것이 대부분이었기에 고통스러웠다. 익숙함이 주는 편안함을 누릴 수 없으니 일을 배우는 과정에서 하기 싫음과 싸워야 했다. 이것이 맞는지 의심했다. 경제적으로 독립한다는 것은 다시 또 태어나는 것처럼 고통스러운 일이다. 시작을 잘하는 나였기에 명리학을 배우면서 알게 됐다. 엄청난 추진체를 가지고 있다는 것을 빠른 적응력으로 분위기를 파악했다. 하지만 하다 보면 흥미가 도망갔고, 계속하고 싶은 마음은 또! 다른 것을 찾아 떠났다. 게다가 직장 선배나 동료들이 내 것을 뺏어갔다. 어떠한 실수도 용납하지 않았던 나는 매번 쫓겨 다니는 마음으로 살았다. 강압적인 시스템에 대한 거부감과 경쟁 구도의 생존 싸움에서 두 손 두 발을 들고 항복의 하얀 깃발을 펄럭였다. 나로 인해 누군가가 피해 보는 게 싫었고, 피해자 놀이도 힘들었다. 퇴사로 쉬고 있으면 어떻게 알았는지 연락해 주는 지인들 덕분에 이력서, 포트폴리오 없이 입사했다. 덕분에 믿는 구석이 생겨 맘 놓고 사직서를 냈다. 쓸모 있는 사람으로 인정받아 감사해야 하지만 마냥 좋지 않았다. 어정쩡하게 다닌 이력서 한 줄은 어느 곳에도 적응하지 못하는 나의 모습을 보여 주는 기록이었다. 그렇게 옮겨 다닌 이력은 없는 만 못했다.

나이는 점점 차올랐고 나이에 비례하는 사회적인 위치나 경제력 등의 수치는 평균치에 미치지 못했다. 그러한 결핍을 채우기 위한 나의 선택은 한국을 떠나는 것이었다. 글로벌한 이미지를 이력서에 그려 넣으면 학력란을 보충할 수 있다고 생각했다. 전문대를 졸업했다는 이유로 누구나 다 아는 광고회사에 입사하는 기회를 날려 보니 약만 차올랐다. 조건과 자격이 부적합한 나는 일단 튀어야 했다. 미래를 위한 똑똑한 투자자로서 내면의 존재와 작당 모의 하며 그럴싸한 이유를 마구마구 만들었다. 속마음을 터놓고 이야기할 수 있는 사람이 없었고, 나 홀로 사색의 시간을 보내기 위한 사치의 공간도 없었다. 여기저기 눈치 보며 살아온 유년기, 청소년기, 청년기를 지나고 있었다. 자유로운 영혼이라는 옷으로 멋들어지게 갈아입고 정착할 수 없었던 환경과 마음에 문을 단단히 걸어 잠갔다. 투정이나 핑계 없이 그저 자존심을 지키고 싶었다. 그렇다고 사람들과 선을 긋고 모진 말을 남발하거나 분위기 파악 못하는 사람은 아니었다. 그저 조용히 나를 지키고 있었다. 그리곤 커다란 사고를 쳤다.

'에라 모르겠다. 아무도 없는 곳으로 떠나자!'

남들은 한 번도 나가기 힘들다는 외국 생활을 결핍이 아닌 도전정신으로 위장하고 도망자 시리즈를 찍었다. 시리즈 1은 '친구 따라 캐나다 가기'였다. 캐나다에서 유학 생활하고 온 친구의 이야기를 들으며 주인공을 바꿔 상상했다. 각종 수상 기록과 나름 이름 있는 영화제에서 러브콜을 받았던 황새 친구를 보며 다리 스트레칭으로 뱁새의 준비를 했다. 어림도 없는 황새 쫓아가기는 캐나다 어학연수 4개월 만에 찢어진 다리와 함께 집으로 돌아왔다. 그래도 괜찮았다. 처음이었으니까. 처음부터 잘하는 사람이 그리 많지 않으니까. 부모님의 도움 없이 월급을 모아 날아간 토론토행은 애피타이저쯤으로 생각하면 되니까. 아니 뭐 혼자 외국행을 준비하고 실행했으니 위대한 시작이 아닌가! 긍정적인 나다. 한번 나갔다 오니 자신감이 상승곡선을 탔다. 뭐든 시작하면 된다는 말이 이거였다. 생각만으로 많은 두려움을 만들어 내는 것이니 일단 행동으로 옮기는 것이 상책이다. 아니면 죽을 때까지 생각만으로 끝나는 것이니까. 그래서 두 번째 시리즈를 찍었다. 본 게임이었다. 호되었다. 시리즈 1을 폭망하고 실패한 원인에 대한 수정안을 반영하지도 못한 채 쫓기듯 '멀리멀리 떠나야 한다'라는 내면의 소리가 들렸다. 비정상적인 연애로 시트콤, 드라마를 찍고 있었던 그때 나 홀로 날아간 미국은 남들이 꿈꾸는 아메리칸드림이 아닌 도피처였다. 말이 통하지 않으니 들어주지 않는다고 서운해하지 않았다. 아는 사람이 없으니 챙겨주지 않는다고 속상해할 필요가 없었다. 다만 붙잡히지 않는 죽고 싶은 마음뿐이었다. 그래도 긍정적인 나라서 다행이었다. 죽고 싶은 마음속에서도 '다시 일어나. 넌 할 수 있어. 이젠 그만 울고 오롯이 일어나'라고 고함을 지르는 소리가 내면에서 들렸다. 그렇게 알 수 없는 그 무언가로 인해 매번 유혹하는 죽음의 순간을 함께 이겨냈다. 살고자 하는 마음을 키우며 살아가는 시간이 됐다. 혹독한 겨울을 지나 가망 없어 보이는 앙상한 나뭇가지를 정리하려던 참에 나보다 먼저 나무에 봄이 찾아왔다. 그리고는 다정히 인사했다.

'우리 아직 살아 있어요. 이제 시작인걸요? 쉽게 포기해서 되는 삶은 아니잖아요!'

나의 삶도 다 끝난 줄 알았지만, 상처가 아무는 시간이 지나고 나니 다시 맨땅에 헤딩할 수 있게 됐다.

매번 새로운 도전, 실패, 또다시 무모한 도전.

여전히 나는 맨땅에 헤딩 중이다.

나답게 살기 위해서.

실패가 아닌 과정을 즐기는 감사함으로.

죽음의 순간을 외면할 수 있다는 것은

나를 너무나 사랑한다는 거야.

죽고 싶다면 그 이상으로 살고 싶다는 거야.

말하는 대로 끌어당기기

✳

〈웃으면 복이 와요〉라는 코미디 프로그램이 있었다. 내용보다는 코미디언들의 움직임과 우스꽝스러운 연기에 깔깔거렸고 힘들 때마다 떠오르는 주문이었다.

'그래 힘들지만 웃으면 복이 온다잖아. 복이 올 그 날을 기다리자. 그만 울고 웃어 보자.'

말의 힘을 어린 시절부터 담고 살았다. 어쩌면 말의 힘을 빌려 도망치고 싶은 마음을 잠재우고 원망을 피하는 수단으로 삼았다. 끝까지 살아 내고 싶었고, 단단해지길 간절히 원했다. 그런데도 기다리는 복은 빨리 오지 않았다. 아무리 재촉해도 소식조차 없었다. 원할수록 울고 싶은 상황이 늘었다. 그렇다면 죽어야 하나? 언제나 나의 시간 속엔 삶과 죽음이 공존했다. 한순간 삐끗했다면 지금의 시간은 나에게 주어지지 않았을 것이다. 왜 그렇게 죽고 싶었는지 아무리 생각해 봐도 모르겠다. 내가 겪어야 하는 독특한 과정들이 있었을 뿐이다. 타고난 공감력으로 타인의 감정을 내 것으로 만들거나 발달한 감각으로 느껴지는 귀신의 모습이나 냄새가 힘겨웠다. 부모님의 관계는 사랑이 아닌 싸우는 소리로 인식됐다. 아빠는 술만 마시면 폭군이 되는 사람이고, 엄마는 사업수완이 좋았지만 사람 보는 눈은 어린아이였기에 사기당하는 걸 밥 먹듯이 했다. 기대가 컸던 장남은 좋은 머리를 제대로 사용하지 못하는 아픈 손가락이었다. 나는 이들의 짐을 스스로 지고 살았다. 누가 시킨 것도 아니었고, 하지 않아도 될 것을 스스로 이고 지었다. 좋게 포장해서 능력자로 살았다. 나 빼고 다 불쌍했다. 그저 웃음만 나온다. 내가 제일 가여웠다.

웃음과 이름이 주는 힘을 믿었다. 이러한 삶을 살기라도 할 것인 양 나의 이름엔 공통점이 있는데 모두 복이 들어 있다. 세례명에는 축복이라는 뜻의 '그라시아', 복 받을 '진'의 한자 이름. 아마도 내가 겪은 과정에서 복을 받기 위한 준비를 하고 있었는지도 모른다. 세상에 공짜는 없으니 선지급으로 지불하고 있었다. 나의 청소년기와 청년기는 불안정한 상태의 환경에서 고군분투 중이었다. 미래를 위해 차곡차곡 모아 놓은 돈은 내가 아닌 가족에게 쓰였다. 운 좋은 오빠는 아빠의 명예퇴직으로 인해 생긴 퇴직금으로 결혼 비용을 보조받았다. 시집보내 줄 집안 분위기와 형편은 내 차례까지 오지 않았다. 자격지심의 끝을 달리고 있던 나에게 나이의 장벽이 반갑게 손짓했다. '넌 결혼 못해'라는 틀 안에 꽁꽁 가둬 놓고 40대를 맞이했다. 39살, 안달 난 여자처럼 결혼하고 싶었다가 40대로 진입하니 오히려 마음은 편해졌다. 혼자 어떻게 살아야 하지? 많은 고민으로 인한 스트레스로 몸이 반응하여 입원한 정신건강의학과!

병원 생활의 무료함을 달래기 위한 취미생활은 매일 저녁 야구 보기였다. 야구 경기를 보고 있으면 시간이 빨리 흘러갔고 쫄깃한 긴장감이 생동감을 줬다. 그러다 보니 야구장에 가고 싶었고, 함께할 사람이 필요했다. 빠른 손놀림으로 가입한 녹색 창의 밴드.

야구장에서의 응원은 그동안 억눌러 놓았던 감정을 끄집어내기 충분했고, 경기를 보며 즐기는 치맥은 최고의 비타민이었다. 경기 이후 뒤풀이로 우울했던 현실로 돌아오는 시간을 늦췄다. 그들과 함께 나누는 이야기는 그저 단 하나였다. 야구 경기, 선수들. 호기심 가득하고 새로움을 좋아하는 나에겐 최고의 시간과 만남이었다. 술만 마시면 드러나는 저세상 텐션이 친구들과의 에너자이저 역할을 했다. 꿈 같은 시간을 깨지 않기 위해서 알코올을 꾹꾹 담아 집 도착과 함께 기절하는 생활을 즐겼다. 시즌이 시작하는 밴드 단관 날. 경기가 시작하기도 전에 친목을 핑계 삼아 정신줄 놓고 술을 마셨다. 삐딱해진 경기장을 바라보며 졸음과의 싸움을 시작하던 중 시원한 물이 싸다구를 날렸다. '어라? 이 시원함은 뭐지?' 탄산수가 쏟아진 줄도 모르고 히죽거리며 뒤를 쳐다봤다. 곱상하고 기다란 얼굴의 머스마가 미안하다는 말과 함께 당황해하며 어쩔 줄 몰라 했다. 술에 취해 있었으니 뭐난…. 다 괜찮았다. 그저 시원했고 끈적거리는 탄산이 아니었으니 물티슈가 필요치 않았다. 인연은 탄산수로 시작됐고 첩보영화를 찍어가며 밴드 내에서 연애를 시작했다. 모두가 눈치 채는 어설픈 연기로 시작된 40대 초반의 친구 사이는 연인 사이를 잠깐 스치고 부부의 연을 맺었다.

보호자 빈칸에 부모님이 아닌 신랑의 이름을 쓸 수 있다는 생각이 들 때마다 화살기도로 울먹였다. 내 삶엔 없을 것 같았던 신랑. 세심하고 다정한 딱! 내가 생각했던 이상형의 남자. 상상만으로 그려 왔던 장면이 눈앞에서 상영 중이다. 힘들 때마다 외워 왔던 '웃으면 복이 온다. 이름처럼 살아갈 것이다. 생각한 대로 이루어질 것이다'라는 모든 주문은 신랑을 만난 행운으로 이루어졌다. 살아가다 보면 좋은 날만 있을 수는 없다. 힘겨운 날 또한 좋은 날을 위한 찰나의 순간일 테니 있는 힘껏 주문을 내뱉고 최선 다하는 시간을 차곡차곡 쌓아 가면 된다. 기대 이상의 선물이 나를 기다리고 있을 테니까. 결혼조차 꿈꿔보지 못했던 나에게 다가온 복이 가득한 남자처럼.

+ +

괜찮지 않은 시작이었지만
너무너무 괜찮은 지금을 살고 있다.
그래서 모든 것에 감사하는 마음으로 살 수 있게 됐어.

고통에도 이유가 있다

✳

생각이 많다 보니 걱정도 많은 사람이다. 제 한 몸 추스르기도 힘든 사람인데 가족을 넘어 이웃사촌까지 챙겨야 하는 오지라퍼다. 항상 그랬다. 힘들다고 투덜투덜. 나만 한다고 찡찡거리기. 남는 건 자기만 족이다. 자잘한 일부터 하기 싫은 일까지 해결하다 보니 해결사가 됐다. 해결사라는 단어 속에는 개고생이라는 행동이 함께한다. 집 나가면 개고생이라던데 집 안팎으로 사서 개고생 중이다.

'내가 해야지 뭐. 시간도 가능하고, 그 정도는 할 수 있는 것이니까.'

가볍게 생각했던 것이 불어나다 보니 어디 하소연할 곳이 없었고,

가시를 잔뜩 세운 고슴도치가 됐다. 안 하면 되는 것인데. 기획과 연출을 도맡아서 인생 최고의 프로젝트를 만들었다. 아주 단순한 한 가지의 마음으로.

"여보야. 어렸을 때 할머니가 나를 길러 주셨어. 그리고 할머니가 엄마보다 더 나를 이해해 주셔. 할머니랑은 척이면 탁이야. 우리가 매주 할머니 모시고 성당 가는 것도 좋긴 한데. 할머니 식사도 그렇고 내가 챙겨 드리면 할머니 돌아가시고 나서 후회하지 않을 것 같아. 우리 집도 이사해야 하는데 이참에 할머니랑 같이 살면 어때?"

난이도 최상의 기획을 찰떡같이 받아 준 신랑 덕분에 할머니의 임대 아파트로 들어갔다. 단순했지만 진심이 들어간 마음의 시작은 까불지 말라고 했다. 방 3개의 신혼집에서 방 한 칸의 할머니 집으로 이사하는 것부터가 대략 난감이었다. 버리고 줄여도 방 한 칸에 들여놓을 수 없었던 두 명의 짐은 계절 옷가지와 굵직한 전자제품만 이전등록을 마치고 나머지 짐은 부모님 집 방 하나에 몰아넣었다. 계절이 바뀔 때마다 옷가지를 갖다 놓고 가져오는 일에 여전히 지치지만, 덕분에 미니멀 라이프를 실천하는 생활로 변했다. 힘들다고 생각하지 않았다. 후회 없는 옳은 선택이었다고 다독거리며 할머니와 꿈같은 생활을 한 장씩 그렸다. 긍정의 생각으로 이쁜 그림을 완성했다. 원활한 소통이 일어나기도 전에 어림없는 현실이 다가왔다. 예전의 기억과 추억이라는 것으로. 모든 상황은 완전히 뒤바꼈다. 신랑과 했던 소꿉놀이를 할머니와 하고 싶었지만 이쁜 접시와 테이블을 장식하는 도구를 꺼내놓자마자 상상했던 말풍선을 터트리는 할머니다. "쓸데없는 것이 왜 이리 많아."라며 자리 차지하지 않게 넣어 놓으라 했다.

"칼질은 왜 그렇게 해? 기름을 더 넣어. 불을 약하게 줄여." 이래라저래라. 하…. 결론은 부엌을 넘겨주기 싫으신 거다. 심지어 냉장고의 칸칸이 자리를 정해 놓고 "여기는 내가 자주 먹는 걸 넣어 놓을 테니 너희는 위에 두 칸에 넣고 알아서 먹어." 그렇게 일일이 다 챙겼다. 그러던 어느 날 칼군무를 추고 있는 반찬통이 어지럽단다. 신경 쓰지 않겠다고 했던 공간인데.

초등학교 책상에 금을 그려 놓고 "넘어오면 내꺼야."라고 엄포를 놓았던 짝꿍과의 추억이 떠올랐다. 예전의 다정했던 할머니의 말투는 들을 수 없었다. 모든 말의 끝은 "네까짓 게 뭘 할 줄 아네?"였다. 찢어진 청바지와 원피스를 마대자루로 비유하며 나의 취향까지 할머니의 틀 안에 가둬 놓으려 했다. 거기에 투쟁했던 나의 한마디.

"할머니! 이모도 찢어진 청바지 입고 다니는데 왜 저한테만 뭐라 그러세요?"

나름의 방어막이었는데 그래. 어림없었다. 아니! 소통 불가였다.

"걔는 괜찮아. 근데 너는 안 돼."

'이게 무슨 상황인지 하…….'

할머니 눈앞에 마대자루를 걸어 놓지 않으려면 빨래는 외부에서 해결해야 했다. 세탁기의 헹굼 추가로 인해 물 낭비한다며 할머니와 나 사이에 핵폭탄급 전쟁이 시작됐다. 관리비에 나온 물값 500원 때문에 집을 나왔다. 사사건건 참견과 역정으로 피를 말렸다. '도대체 왜 저렇게 모질게 말씀하시는 걸까?' 생각의 끝은 '나에게 정 떼려고 일부러 그러시는 걸까?'였다. 96세의 할머니와 함께 살면서 죽음에 대한 두려움이 공존했다. 할머니 생전에 최선을 다하고 싶어서 들어왔는데 들어와서 후회로 가득 찼다. 더 이상 참다간 내가 죽을 것 같았다. 신랑에게 그만 나가자고 말했지만, 신랑의 생각은 확고했다.

"우리가 들어올 땐 우리 맘대로 들어왔지만 나갈 때는 그럴 수 없어. 할머니가 돌아가시거나 요양원에 들어가는 상황이 생겨야 나갈 수 있다고 들어오기 전에 말했잖아."

서운했다. 내 편에서 이해하지 않고 원론만 말하는 신랑이 답답했다. 몇 번의 전쟁을 겪다 보니 겁 없는 생각으로 할머니를 보살피려 했던 나를 탓했다. 할머니와 나 사이에서 제일 힘든 신랑에게 미안했다. 할머니에겐 입안의 혀처럼 굴었던 신랑의 노력이 나를 위함이었다는 걸 알게 되면서 어떠한 말도 할 수 없었다.

"여보의 모습이 참 인상적이었어. 결혼 전 말끝마다 할머니 가져다 드려야 한다면서 챙기는 모습이 보기 좋았거든. 신혼여행 다녀와서 할머니께 인사드리고 현관문을 닫으면서 참았던 눈물을 쏟는 당신의 모습이 아직도 눈에 선해. 얼마나 할머니를 좋아하는지 보였거든. 근데 지금은 어때?"

"내가 어디까지 봐 드려야 하는 거야? 나는 할 만큼 하고 있잖아."

"그래. 당신의 마음은 내가 더 잘 알아. 그런데 할머니는 집안의 어른이잖아. 그냥 하고 싶은 대로 봐 드리고, 들어드리면 어때?"

"······."

말도 참 이쁘게 하는 신랑의 이야기에 몇만 번을 꾹꾹 참아 냈는지 모르겠다. 적어도 그 말을 듣기 전까지는. 컨디션도 안 좋았고 마음처럼 움직이지 못하는 몸이 답답했을 것이다. 옆에 있는 손녀는 통제를 벗어나 제멋대로 행동하니 할머니 눈도 돌아갔을 거다. 그 눈을 바라본 나는 마귀를 본 것처럼 온몸에 소름이 돋았다. 그 눈빛과 세트로 구성된 독설은 사람이 하는 말이 아니었다.

"할머니! 제발 그만 좀 하세요. 저도 이제 50을 바라보고 있고요. 할머니가 살았던 방식이랑 저희가 사는 방식이랑 다르잖아요. 제가 하고 싶은 대로 살면 안 돼요?"

"네깟 게 뭘 안다고 그래. 네가 50이면 난 100살이다. 누구 말을 들어야 하는 거네?"

"할머니! 어린아이한테도 배울 게 있어요. 여기서 억지 부리고 죽으라고 밀어붙이는 것 같아요. 저 숨 좀 쉬게 그만 좀 몰아세우세요."

"그래? 그럼 나가 뒈져라."

앞의 적나라한 상황 후에 정리된 말이었지만 지고 싶지 않았다. 밀리고 싶지 않았다. '나이가 뭔데?! 언제까지 나의 모든 것을 이래라저래라 할 생각인데?' 반항심이 가득한 아이로 물고 뜯고 대들었다. 그렇지만 7층에서 떨어져서 뒈져 버리라고? 하… 이건 아니다. 난 죽고 싶은 마음으로 살지만, 그 이면의 나는 더 잘 살고 싶은 사람이다. 툭하면 내 집이라고 유세 아닌 협박하는 할머니가 끝장 볼 것처럼 뒈지라는데. 너무한 거 아냐? 도저히 버티지 못하고 집을 나왔다. 늙은 마귀 할망구 기를 꺾을 심정으로 나왔다. 일단 사고부터 치는 나니

까. 걱정은 그다음이다. 결혼하고 나서는 해결사까지 있으니 무서울
게 없었다. 도망가 봤자 부모님 집이었지만 그렇게 보름을 신랑과 생
이별하고 큰 소득 없이 어리다는 이유로 무릎 꿇고 싹싹 빌었다. 잘못
했다고 읍소했다. 겉으로만 그럴싸한 연기를 했다. 가정의 평화가 필
요했지만, 아직 나의 상처가 아물 때까지 시간이 필요했다. 또다시 할
도리를 해야 한다는 기본 원칙을 상기하면서 철저하게 고립됐다. 할
머니와의 시간을 다른 가족보다 더 많이 나누고 있었기에 그들은 알
수 없었다. 말을 해도 나는 언제나 찡찡거리고 병원에 입원했던 미친
아이였으니 할머니의 이야기만 들렸을 것이다. 그렇게 모두의 생각
처럼 점점 더 미쳐 갔다. 예전의 기억이 다가왔다. 다시 또 미쳐서 병
원에 들어갈 거라고. 아니면 정말 할머니보다 더 먼저 죽을 수도 있을
거라고. 삶과 죽음의 경계에서 누군가 도와주는 것 같았다. 그 무언가
의 존재가 이끄는 대로 새로운 장에 들어가는 듯했다.

인스타그램의 라이브 방송에서 만난 존재.
그분 덕분에 다른 세계로.
드디어 나의 세계를 보게 됐다.

어쩌면 할머니 집으로 들어오게 된 이유는
커다란 미션의 문을 열게 된 계기가 됐다.
미션을 통과하기 위한 끝점이자 시작점

글 쓰며,
내면 아이를 마주하다

✳

다시 나가야 했고 관계를 만들어야 했다. 집에서는 숨이 쉬어지지 않았다. 할머니와 살게 되면서 다시 마주한 불면증. 잠을 자고 싶었다. 서운함도 늘고 많은 생각의 고리가 끊임없이 이어졌다. 수면제 한 알의 유혹이 두둥실 떠올랐다. 잠을 못 자는 사람들만 아는 고통. 머리를 베개에 대면 잠을 자는 사람들은 이런 나를 이해하지 못하겠지만 그들은 나에게 부러움의 대상이다.

할머니와 함께하는 시간이 어느 가족보다 길었기에 잔소리는 언제나 나를 향했고, 요구 사항은 늘어갔다. 매 순간이 힘들지 않았지만 달라진 할머니를 이해하는 데에는 시간이 필요했다. 지혜롭고 이해심 많은 할머니는 기억 속으로 사라졌고, 고집과 본능으로 살아가는 모습을 부정하고 싶었다.

사람들과의 모임 속에 나의 숨구멍을 들이대고 들숨과 날숨 그리고 한숨을 몰아쉬었다. 생각해 보면 앞뒤가 맞지 않는 삶을 살았다. 할머니를 모시러 들어왔는데 나가지 못해 안달이 난 사람처럼 길가를 헤매고 있었고, 취기를 들키지 않도록 위장하고 귀가했다. 도대체 누구를 위한 선택이었을까? 조화롭지 못한 할머니와의 관계를 어떻게든 맞추려 노력했다. 돌아가시고 나서 후회하고 싶지 않으니까. 노력을 알아줬는지 나를 위한 선물이 왔다. 지금 이 길을 걸어갈 수 있게 문을 열어 주신 분. 힐러 님

언제나처럼 잠 못 이루고 뒤척이고 있었다. 옆에서 쿨쿨 자는 신랑을 피해 핸드폰 화면의 빛을 반대 방향으로 모로 누웠다. 한때 인스타그램을 공부하며 알게 된 지인이 라이브 방송으로 힐러 님에 대한 소개를 했다. 신기한 상담을 했다는 내용으로 눈물 펑펑 쏟고 마음이 한결 가벼워졌다는 후기까지. 호기심천국인 나는 곧바로 상담이벤트 중인 그분께 달려갔다. 생각의 시간보다 손이 빨랐던 나는 몇 번의 터치와 몇 자의 입력으로 이벤트 신청을 마치고 두구두구한 떨림의 시간을 보냈다. 늦은 시간 진행되는 이벤트라 야행성을 가진 분일 거란 생각을 하고 있던 찰나. 바로 연락이 왔다. 지금 바로 가능하다고…. 운명이었나?

어리벙벙한 사이에 번개 같은 손놀림은 생년월일을 입력했고 바로 라이브 상담을 시작했다. 야심한 새벽에도 지켜보는 이들이 있었던 인스타 라이브 상담. 새벽에 했던 이유가 나름의 프라이버시를 지켜 주기 위함이었을지도 모른다.

'호기심 많은 탐험가.'

나의 성향? 나의 정체성에 대한 한 줄의 문구였다. 라이브 상담이었지만 라이브 하지 못한 딜레이 시간이 답답했다. 그런데도 나를 알고 싶은 간절함이 컸기에 아쉬울 게 없었다. 더군다나 화면 속 얼굴은 시원하게 보이는 것도 아니었고 동그란 거울 필터 안에서 입이 움직였다. 시간도 딱 귀신들의 활동 시간대라 무섭기도 했다. 새벽 2시에 시작한 상담이 한 시간으로 제한돼 있었던 라이브 방송을 다시 연결하며 상담을 이어 갔다. 원래는 한 시간 상담인데 특별히 길게 해 준다는 말과 함께 화면 속 무서운 그녀에게 빠져들었다.

'참 신기한 상담이네?'

무당에게 점을 보는 것도 아닌데 희한한 느낌으로 이야기를 주고받았다. 신기한 체험이 만족스러웠다. 거울 속의 입은 무서웠지만, 우리의 인연은 그렇게 시작됐다. 무섭거나 두렵게.

라이브 상담 후 며칠 지나지 않아서 조금은 이른 시간에 라이브 방송 알림 동그라미 띠가 나를 끌어당겼다. 마음은 무서웠지만, 언제나 재빠른 손은 동그라미를 눌렀다. 들어가 보니 여전히 거울 속에서 입이 움직이고 있었다. 알 수 있는 말은 거의 없었고 좋은 말 같은 그러한 이야기를 하고 있었다. 얼른 나가야겠다는 생각이 일어남과 동시에 내 이름이 불렸다.

"지니 님! 안녕하세요."

그 한마디에 온몸의 긴장이 풀렸다. 생각과 상상력으로 만들어 낸 무서운 사람이었는데 따뜻한 음성으로 내 이름을 불렀다. 하느님이 나의 탈출구를 만들어 주신 것 같았다. 무서움이 사라진 힐러 님께 상담을 신청했다. 그렇게 우리는 서로에게 진심이 됐다.

대부분 시작하는 상담은 쉽지 않다고 했다. 마음의 문을 열고 다가가야 진정한 모습을 볼 수 있지만 그게 쉬운 일은 아닐 것이다. 나 또한 쉽지 않은 과제를 받았다. 어릴 때부터 기억나는 데로 살아온 이야기를 써서 보내 달라는 요청이었다. 무척이나 당황스러웠다. 어디서부터 어디까지 오픈해야 할지. 거부하는 마음과 키보드 위에 올려놓은 손이 엄청난 기 싸움으로 썼다 지우기를 반복했다. 그런데도 살고 싶은 절실함이 모든 문을 열어 줬다. 나의 어릴 때부터 현재까지 보고 싶지 않고, 생각하고 싶지 않은 것들을 모조리 꺼냈다. 켜켜이 쌓인 먼지가 끈적거리는 떡이 되어 있었지만, 사정없이 끄집어냈다. 써놓은 이야기를 두려움과 싸우며 그녀에게 보냈다. 아픈 가족 이야기, 잘못된 나의 선택과 도피 생활 등등. 보내고 난 후 수치심이 상담하는 시간까지 나를 괴롭혔다. 그리고 스스로 탓하기 시작했다. '왜 보여 주지 않아도 될 것을 끄집어내서 왜 이렇게 괴롭게 하냐고. 왜 아픈 곳을 찔러서 더 깊은 상처를 내는 거냐고' 무지막지하게 내몰아치는 비난의 소리가 귓가를 에워쌌다. 마음은 안절부절 돌아다녔고, 진정할 생각 따위는 없었다. 꽹한 얼굴로 며칠을 보내고 굵은 혈관들이 툭툭 튀어 올라온 손을 키보드 위에 올려놓고 카톡 창을 응시했다.

"지니 님, 안녕하세요?"

"안녕하세요. 힐러 님!"

"보내 주신 이야기 잘 읽었어요. 한편의 장편영화를 보는 듯했어요. 나중에 책으로 내시면 좋을 것 같다고 생각했네요."

"그런가요? 제가 보내 놓고 많이 수치스러웠고 홀딱 벗겨진 기분이었어요. 혹시나 저를 이상한 사람이라고 생각하실 것도 같았고요. 그리고 상담하러 들어오고 싶지 않았네요. ㅜㅜ"

"아…. 그러실 게 없는 게요……."

많은 이야기가 오가면서 불안하고 불편했던 내 마음은 눈 녹듯이 조금씩 녹아들었다. 한 시간 동안 키보드를 눌러가며 마음을 표현했고 상황을 설명했다. 누구에게도 공감받지 못하는 마음을 온전히 받아 준 분. 때로는 등을 토닥거리는 느낌을 받았고, 같이 울어 주는 듯 느껴졌다. 숨기고 싶은 나의 치부를 드러내고 나니 온전히 나를 아는 유일한 사람이 됐다. 가족이 아닌 타인에게서 받은 안정감을 처음 느끼게 됐다. 그녀 안에서는 언제나 나는 안전했다. 탈출구를 찾아 이리저리 헤맬 필요가 없었다. 찾는 방법을 안내해 주고 응원해 주는 사람이 있으니 하느님 다음으로 든든한 백이 생긴 것이다.

첫 번째 방법으로 회고록을 써 보라고 했다. '죽을 나이는 아닌데 벌써? 그래. 죽기 전에 하라는 법은 없으니까' 하라는 대로 했다. 0~7세까지의 흐린 기억을 또렷하게 만들었다. 글을 통해 시작했다. 고이고 이 모셔놓은 근사한 노트는 눈물방울로 잉크와 물감 퍼짐 놀이를 했다. 글을 쓰는 동안 매번 내 눈두덩이엔 수제비를 두툼하게 만들었다. 잠가놓은 빗장을 열어 놓고 어지럽혀져 있는 물건을 치운다는 일이 그리 만만치 않다는 건 봄맞이 대청소를 한 번쯤 해 본 사람은 알 것이다. 그나마 그건 해마다 하는 봄맞이 청소지만 내 안의 청소는 46년 만이었다. 먹고 싶지 않은 먼지떡은 먹어도 먹어도 줄지 않았다. 그것들을 치우는 작업은 상상 그 이상이었다.

그래도. 해야 했다.

잘 살고 싶고 태어난 이유를 찾고 싶으니까.

그리고 글을 쓰면서 누군가와 말했던, 말하고 싶었던 그 아이를 만날 수 있었다.

모든 일의 시작과 실행은 절실함의 차이다.

눈에서 보이는 성공한 사람들의 모습 뒤엔

해내야 하는 이유와 각고의 노력

그리고 절실함이 그득하다.

절실함 속의 나를 마주할 수 있는 용기, 나를 사랑할 수 있는 용기

마음 컨디셔닝

초민감자로 살아가는 법

✳

"얘야. 거기서 뭐 해?"

반갑고도 어색한 인사를 건넸다.

"......"

어색한지 삐쳤는지 말이 없다.

"무섭지 않아? 이곳은 너무 썰렁하다. 얼른 나올래?"

미안한 마음과 썰렁한 기운에 얼른 나가자고 재촉했다.

"……."

미동도 없이 앉아 있다.

"인제 와서 정말 미안해. 그동안 나는 너의 존재를 모르고 있었어. 그러니까……."

어떤 말을 꺼내야 할지 몰라서 안절부절못하다가 울먹이며 말했다.

한동안 지하 계단 밑에 웅크리고 있는 어린아이의 움직임을 기다렸다. 나의 말에 반응하는 아이의 오르락내리락하는 어깨를 바라보며. 그리 오랜 시간을 기다리지 않았다. 순수하고 착한 아이는 원망의 소리나 고막이 터질 듯 울어 젖히지도 않았다. 그저 한 손을 내 쪽으로 내밀고는 순순히 열린 문 사이로 들어오는 강렬한 빛을 따라 함께 걸어 나왔다. 그렇게 나와 내면 아이의 만남이 이뤄졌다. 그 이후 언제나 그 아이와 함께했다.

"애야, 오늘 너의 기분은 어때? 난 완전 꽈당이야. 운동 너무 빡세게 하고 왔나 봐. 빨리 집에 가고 싶은데 다리가 안 움직여. 허허허."

"그러니까 적당히 하지. 어이구 몬산다. 몬살어."

"내 말이! 넌 그동안 이런 나에게 말하고 싶어서 근질근질했겠다."

"킥킥킥."

사소한 일상의 시시콜콜한 이야기를 함께 나누며 그동안의 회포를 풀었다. 길을 걸으며 내면 아이와 이야기를 나누다가 지나가는 사람들의 이상한 시선을 받는 것조차 행복한 시간이었다. 내성적인 내가 이렇게 수다스러웠나 싶을 정도로 까르르 웃고, 또르르 흐느끼고, 세상에서 가장 행복한 미소로 하늘에 대고 감사하다는 인사를 하는 내가 됐다.

'이름을 지어 줘야겠어. 내가 또 한 작명하잖아? 엉뚱하게? 킥킥킥.'

그날도 내면 아이와 함께 글쓰기를 하는 중이었다. 손안에서 돌고 있는 펜이 '이거다!'라는 사인을 보냈다. 나의 영문 이름은 지니니까 지니 하면 떠오르는 램프!

'그래! 램프의 지니, 램지!'

그렇게 나의 내면 아이 이름은 램지가 됐다. 지니와 찰떡 이름 램지. 서둘러 내면 아이에게 이 소식을 전했다. 다 보고 듣고 있었을 텐데 말이다.

"얘야! 너의 이름을 지었어."
"응? 뭔데?"

알면서도 나에 대한 배려심과 기대 가득한 음성으로 물었다.

"램지야! 나는 지니고, 너는 나와 떼어질 수 없는 요정 램프. 그래서 램지! 어때?"
"와 너무너무 근사해. 좋아! 너무 좋아."

손거울 속으로 들여다본 램지는 행복한 인사라도 하듯이 순간 확장된 검은 눈동자를 따라 파아란 띠의 빛으로 인사를 건네줬다. 우리의 대화는 5~6살 아이처럼 싱그러웠고, 순수함으로 주고받았다. 그렇게 서로에게 힘이 되는 존재로 다시 태어났다. 힘들 때는 응원해 주고 기쁠 때는 지구가 들썩이도록 웃음이 요란했다. 지인들이 나의 밝아진 모습에 무슨 좋은 일 있냐고 자주 묻기 시작했다.

'물론이지. 든든한 백이 함께하고 있으니 외롭지 않다고!'

　기분 좋은 인사에 나의 경험담을 풀어놨다. 대부분 사람이 어떻게 하면 내면 아이를 만날 수 있냐고 했고, 난 언제나 명상과 글을 쓰면서 만났다는 똑같은 답을 줬다. 거울을 보며 이야기도 했다. 나도 어떻게 만나게 됐는지 알 수 없었지만, 행위로서의 두 가지를 한 게 전부였으니 진부한 답이었을지라도 그렇게 말할 수밖에 없었다. 아! 의심 없이 진실한 마음도 추가하며. 간절한 한 스푼이 더해지니 기다렸다는 듯 나타났다. 힘들 때는 언제나 파아란 하늘을 보며 '괜찮아질 거야'라는 위로를 건넸다. 길에 서 있는 나무를 바라보며 '너는 이렇게 제자리에서 너의 할 일을 묵묵히 하고 있는데 나는 자포자기하고 살았네'라는 고백을 늘어놨다. 자연과 사물을 향해 이야기했던 나의 공감대가 램지를 바로 알아보게 했다. 어쩌면 이야기했던 그 순간에 램지가 함께 있었기에 빠르게 만났을지도 모른다. 램지와 함께 걸어가며 혼잣말하고, 노래를 들으며 폭포수 눈물을 흘리고 다니니 힐끗거리는 사람들이 많아졌다. 책읽기와 글쓰기로 나의 하루하루를 채워갔다. 책을 읽으면서 나라는 존재에 대한 탐구를 시작했다. 특히 지인분께 선물 받은 책 『나는 초민감자입니다』를 통해 그동안 내가 그럴 수밖에 없었던 이유를 찾았다. 얼핏 책 제목을 보며 웬 감자 책인가? 했던 나에게 앞으로 살아가야 할 방법을 찾게 된 계기였다.

"나의 재능을 받아들이는 과정에서 민감성을 소중히 여기고 나 자신을 사랑할 것을 맹세한다."

_『나는 초민감자입니다』 중에서

어쩌면 그토록 쉽지 않은 내면 아이와의 만남 또한 초민감자였기에 빨리 만날 수 있었다. 민감해서 힘들었지만 초민감자로 태어남에 매 순간 감사함이 일렁인다.

미안했고, 정말 고마워. 부족한 나를 기다려주고 믿어줘서
너의 사랑에 내 사랑을 더 해서 온전한 사랑체가 될 거야!
고맙다. 진심으로. 사랑한다. 램지야.
램지야! 오늘도 파이팅 해 보자.

호흡이 주는 긍정의 선물

✳

"무슨 말인지 이해가 안 돼요."

상담 시간 동안 처음 듣는 단어로 인해 이야기하는 시간보다 뜻을 찾고 이해하는 시간이 더 많았다.

"언젠가 알게 될 거예요."

언제나 부드럽고 따스한 글로 안내해 주는 힐러 님.

상담은 몇 달 동안 지속됐고 대부분의 소재는 나의 길을 찾는 과정에 대한 것이었다. 호기심이 가득한 탐험가는 카톡 창 안에서 외계어가 난무하는 과정을 경험했다. 나 홀로 동동 섬에서 사막여우가 되어 어디로 가야 하는지 살피기 시작했다. 매번 핸드폰을 열어 단어 뜻을 찾았던 나는 빠른 적응력과 학습 능력을 뽐냈다. 추천받은 책과 상담하면서 생긴 다양한 경험과 함께 나의 소명 찾기를 시작했다.

"몸이 펜듈럼처럼 돌아요."

"빙글빙글 돈다는 거죠?"

"네! 명상할 때 주로 돌았는데, 평상시에도 심장이 심하게 요동치는 소리에 시끄러울 지경이에요. 허허허."

"특별히 긴장하는 상황이 아닌데도 말이죠?"

"네."

명상을 시작하면서 몸의 감각이 깨어나는 듯 예민해졌고, 그에 따른 변화가 시작됐다. 그중 하나는 심장이 몸 밖에서 뛰는 것처럼 강렬한 진동이 느껴졌다. 이야기를 전해 들은 힐러 님은 마침 기치유하시는 분이 있는데 체감하겠냐는 안내를 줬다. 신난 호기심 탐험가는 약속을 잡고 전화로도 기치유가 된다는 의심스러움을 품은 채 이어폰을 귓가에 꽂았다. 이어폰 속에서 들리는 소리로 기점검이 시작됐다. 희한했지만 시작과 함께 목에서 가슴, 배를 타고 내려오는 묵직함과 달

팽이 집의 동그라미가 위장 위에서 하염없이 뱅뱅 돌았다. 세상 신기한 경험이었다. 제자로 삼고 싶을 정도로 기감이 뛰어나다는 피드백을 받았다. 오…. 나에게 이런 재주가 있다니. 뭐라도 된 것처럼 신났다. 맛보기를 했으니 본격적인 공부를 하고 싶었고, 에너지 힐링과 호흡 수련의 선택지를 바라봤다. 고민이 되는 순간엔 일단 시도해 봐야 한다. 두 곳 모두 상담 신청한 후 '나는 이렇게 살아왔다'의 이야기를 들려주고 몸의 진동에 관한 이야기와 에너지에 관한 이야기를 나눴다. 긴가민가의 사이에서 나의 직감을 따라 선택한 것은 호흡 수련이다. 첫인상과 달랐던 최종 선택지였지만 직감을 통해 성공한 첫 번째 선택이었다. 예전과 달라진 것은 눈에 보이는 게 다는 아니라는 것이다. 항상 눈에서 그럴싸해 보이면 의식은 홀린 듯 쫓아갔고 그러한 선택들이 후회로 이어졌다. 지금에서야 '잘못된 선택은 없다'라고 생각한다. 내가 하는 모든 것이 내가 가야 하는 과정에 보탬과 도움이 되는 것이니까.

  직감을 따라가는 것은 많은 훈련이 필요했다. 대부분 어색함을 피해 오두방정을 떨었던 예전의 모습과는 다르게 차분히 바라보는 연습을 했다. 그로 인해 멈추기 직전의 팽이처럼 주위 상황에 휘청이는 것보다는 중심축에서 바라보게 됐다. 매 순간 알아차리며 내가 있는 이곳에 머물게 됐다. 그 모든 것의 중심에는 호흡으로부터 시작한다. 경직

된 몸과 몰아쉬는 호흡으로 용쓰며 살았던 나 자신을 발견했다. 매 순간. 찰나의 순간까지도.

'나는 왜 할머니를 모신다고 했을까? 이모, 삼촌들도 계신 데. 이것도 인정욕구가 작용한 것인가? 자기만족이라고 포장해 놓고? 힘들어서 툴툴거리는 것보다는 안 하는 게 맞는 건데. 모든 일에는 이유가 있겠지?'

생각이 양쪽에서 널뛰고 있었고, 차분하게 그 모습을 바라보며 감사함의 두 손을 모았다. 그랬다! 명상과 자기 관찰을 하면서 감각이 살아났다. 나의 감정을 살펴보거나 상대방의 마음이 느껴졌다. 다양한 귀신이 찾아와 그들의 집에 들어가 있는 것처럼 두려움에 떨기도 했지만 포기하지 않고 수련을 이어 갔다. 희한하고도 두려운 현상은 나를 겁주기 위함이 아닐 테니까. 현상에 사로잡히지 않으려고 노력했다. 명확한 방향성에 대해 안내해 주는 것 같았다. 내가 가야 하는 길에 대한.

그래서! 다음은 어디야?

이 세상엔 나쁜 것은 없어.
단지 내가 어떻게 받아들이냐의 문제이지.
나의 최고의 장점은 수용하며 긍정하는 것

감정을 읽고
소통을 돕는 도구들

＊

"지니 님! 많이 바쁘세요? 저 혹시 싱잉볼에 관심 있으세요?"

'싱잉볼? 요강같이 커다란 그릇 두드리는 거?'

무지렁이 나였다. 단톡방 속 외계어가 들리기 시작한 게 얼마 되지
않으니 뭐 알아가면 그만이다.

"아! 그 소리로 하는 명상인가요?"
"네. 싱잉볼과 오라소마 수업이 있는데 함께 가 보시겠어요?"
"네네네! 좋아요!"

언제나 새로운 것엔 예스 우먼이 되어 경험치를 추가했다.

명상을 어떻게 하는지 모르는 1인이었지만 그림 전공자의 특기를 살려 눈을 감고 떠오르는 것을 마음에 그렸다. 한 편의 영화나 CF를 만들어 감상했다. 그런데 이젠 소리까지 추가 하는 명상이라니! 신이 난 입꼬리는 수업 날을 기다리며 씰룩거렸다. 대부분의 명상음악은 고요하고 차분하고 졸렸다. 덕분에 이내 잠으로 빠지기 일쑤였다. 싱잉볼 연주와 함께 선생님의 설명을 따라가다 보니 싱잉볼 진동음에 반응하는 감정 세포들이 난데없이 흑흑 대며 울기 시작했다. '혹시나 다른 분들께 방해되면 어떡하지?'의 생각에도 아랑곳하지 않고 내 안에 수분은 눈물로 주책없이 흘렀다. 정말 미치고 팔짝 뛸 노릇이었지만 울보라 좋은 것이 이것인가? 울고 났더니 속이 시원했다. 막힌 혈이 뚫린 듯 시원해진 마음을 이야기하고, 다음 수업으로 눈이 향했다. 두 가지 컬러로 영롱한 빛을 띠고 있는 15개의 병이 눈동자와 마음을 유혹했다.

"오라는 빛이고, 소마는 몸이에요. 크리스털과 허브로 만든 색채 병으로 나의 영혼을 찾아가는 길을 안내해 주죠."

기억으로는 116개의 병이 있다고 했고, 선택한 네 개의 병 속에 나의 여정에 관한 이야기가 들어 있는 도구라고 했다. 설명보다 반짝이는 빛깔에 내 마음을 홀딱 뺏겼다. 잠시나마 만났던 오라소마에 호기심의 동공은 확장되었고, 아쉬움이 남았던 클래스였다. 얼굴에 훤히 드러났던 나의 호기심을 알아본 듯 며칠 후 카톡 창이 간결하게 울렸다.

"지니 님, 오라소마 클래스 같이 갈래요?"
"네! 정말 좋아요!"

그저 이쁜 병으로 봤었던 15개에서 116개의 전체 병을 맞닥뜨렸을 때 119에 실려 갈 뻔했다. 감각을 얼마나 깨운 건지 아니면 몸뚱이가 정말 희한한 건지 호흡이 가빠지고 사지가 부들부들 떨렸다. 나를 진정시키느라 진땀 뺐던 선생님에겐 강력한 후기 이야기로 남은 에피소드가 됐다. 강렬했던 오라소마의 에너지는 두 번째 만남부터 다정한 친구처럼 반겨주는 사이가 됐다. 세상에는 신기하고도 진기한 것들로 가득하다. 끊임없이 분출되는 호기심과 몸을 앞장서게 하는 팔랑귀인 나는 이것들을 즐기려 태어난 것처럼 하나하나 도장 깨기를 했다.

"똑똑똑 지니 님! 혹시 레노먼드 카드라고 들어보셨어요?"
"아뇨? 타로는 들어봤는데 같은 거예요?"
"아~ 타로랑 다른 거래요. 제가 모임 중에 만나 뵙게 된 분인데요.

다음 주에 만나기로 했어요. 함께 조인하시겠어요?"

"네!"

언제나 나의 대답은 한결같았다.

'재미났으니까. 놀려고 태어난 거니 놀아야지. 와, 이건 또 뭐지?' 내 속을 들락날락하며 카드로 읽어 냈고 피부엔 삐죽삐죽 소름이 올라왔다. 살다 보니 재미난 것 이상으로 놀라움의 도구가 많았다. '왜 그동안 이런 것들을 모르고 살았지?' 아마 그저 그렇게 살 만했거나 행복했거나의 양쪽 끝에 매달려 있을 때는 관심 밖의 것이다. 그렇게 저렇게 싱잉볼, 오라소마, 레노먼드 카드를 접하면서 카드에 대해 신기함을 경험하고는 바로 수업을 신청했다. 카드와 함께 레이키도 가르친다는 말에 '이건 또 뭐지? 일본의 기수련 같은 건가? 그렇다면 한국의 호흡 수련과의 차이점이 무엇일까?'의 호기심으로 레이키 자격증도 땄다. 내가 태어난 이유, 소명을 찾기 위해 다양한 호기심과 도전의 물음표를 지워 갔다. 글을 쓰기 전까지는 이렇게 다양하고 폭넓은 호기심을 가지고 있는 나를 발견하지 못했다. 시작에 불과했지만, 끊임없이 나의 필살기를 찾기 위한 노력을 했다. 과정 중에는 항상 눈물과 함께했다. 치유의 과정이라는 말을 들었다. 뭔 놈의 치유할 게 이리도 많은지 끝도 없이 울어 재꼈다. 배움에는 끝이 없지만, 과정엔 나의 길이 아닌 것이 많았다. 직감이 설렁설렁 일하는 덕분에 여기 기웃 저기 기웃하며 경험의 도구를 하나씩 나열했다.

'도대체 나는 언제까지 나의 길을 찾아야 하는 걸까? 그래서! 내 길이 뭔데?'

혼잣말 파티를 하던 중에 강력한 권고를 받았다.

"당신은 촉이 좋아. 그래서 말인데 타로를 배워 보는 건 어때요? 공감 능력도 있는데다가 타로까지 겸비하면 좋은 일을 많이 할 수 있을 것 같아요."
"제가요? 타로는 그림이 좀 안 이쁘던데요."
"그림보다 카드를 보면서 따뜻한 이야기를 전달해 줄 수 있을 것 같아서 추천하고 싶은데요?"
"정말요? 그럼 한번 알아봐야겠네요."

세상은 나를 위해 돌아가나 보다. 또 마침 타로 공개 강의한다는 알고리즘이 나를 맞이했다. 뭐 불러주면 가봐야지. 일단 가서 들어보고 결정해도 되는 거라는 가벼운 생각과 발걸음으로 강의장에 도착했다. '어! 이것도 배워야 하는 거네' 심장이 쿵쿵 따를 외치며 '배우자! 신청해!' 삼박자를 내리쳤다.

'언제쯤이면 내가 태어난 이유를 명확하게 알 수 있을까? 나의 소명은 무엇이며, 내가 가야 할 길은 어디인가? 내가 해야 할 일은 과연 무엇인가?'

또다시 나는 누구인가의 물음표를 그려 냈다. 나의 호기심을 일으키고 채우며.

$$++$$

세상에는 재미난 것들이 참 많아.
그래! 그걸 경험하려고 태어난 거야!
신나게 즐기고 즐겁게 까이면 되는 거야.

내 안의 '나'와 첫 번째 만남

마음 컨디셔닝

일단 시작

　두 가지의 마음으로 시작하려 했다. 하나의 설렘과 또 하나의 두려움, 옵션으로 암담함도 함께. 그러나 첫 장을 펴고 펜을 집어 든 순간 잉크가 '툭' 하고 떨어졌다. 그러고는 커다란 범위로 빠르게 번져 나갔다. 번지는 속도보다 더 빠르게 휴지를 찾아 노트로 움직였다. 그것과 함께 좋지 않은 기분이 허락도 없이 머릿속을 장악해 버렸다. 순식간에 벌어진 여러 가지.

　첫 마음을 그려 내고자 잡아들었던 펜에 배신당한 기분이 들기까지 오랜 시간이 걸리지 않았다. 찰나의 순간도 내 의지로 지켜 나가라는 말을 상황으로 알게 됐다. 이 모든 순간의 것들을 허투루 여기지 않아야 한다는 내면의 이야기.

　짜증의 회색빛 퍼짐은 두렵고 잘하려는 마음을 걷어 내고, 가볍고 즐겁게 시작하라는 뜻이었다. 모든 것은 어떻게 바라보느냐에 따라 극과 극의 결과를 만들어 내기에 내 안을 물끄러미 바라보며 고요함 속으로 들어간다.

내면의 이야기에 귀를 기울이면
나에게 벌어지는 상황에 이유가 있더라.
다짜고짜 화부터 내지 마!

나와 연결하다

자유로운 소통이 남긴 가르침

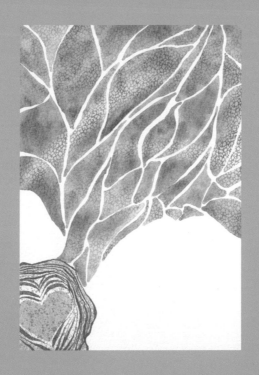

"가늘고, 길고, 깊게.

나를 살게 해 주는 호흡이다.

나와 만나게 해 주는 주문이다.

나로 살기 위해 선택하는 비장의 카드다."

숨소리에 감각을
온전히 몰입하기

호흡

✳

"여유가 있는 분들은 엄지발가락에 오른손가락으로 고리 걸어서 시선을 어깨 너머로 바라보세요."

유연함과 여유로움의 끝판왕 같은 선생님은 오늘도 너무나 평온한 호흡과 함께 미션을 주셨다.

"……"

덜덜 떨리는 기다란 팔다리에 최대한 의지한 채 중심축에서 멀어지지 않으려 노력했다.

"숨 참지 말고 쉬어야 해요."

언제나 숨으로 시작해서 숨으로 귀결되는 숨의 이야기를 또 강조했다.

"흐읍. 푸."

바들바들 떨며 이를 악문 모습에서 한순간 숨이 터져 나왔다. 속으로는 용쓰며 겉으로는 유연하게 보이고 싶은 욕심이 가득했다. 그러한 나의 숨을 마주하고 나서야 편안하고 자연스러운 숨을 쉴 수 있었다. 덩달아 편안해진 동작에 창을 타고 들어오는 햇빛이 더해져서 송골송골 이마에 땀이 맺혔다.

'숨을 참는 사람이 있나? 운동하면서 어떻게 참아?'

그런데도 매번 요가선생님은 말한다.

"숨 참지 마세요."

매번 알아차리라는 메시지와 함께 수업을 이어 갔다. 마무리 사바아

사나_{송장} _{자세} 자세로 두 눈을 감고 있자니 학창 시절이 떠올랐다.

"현진아! 오늘 어깨 뽕 엄청 두툼한 거 달았나 봐? 어라? 어깨 자체에 뽕이 달렸네?"

허공에 어깨 모양을 직각으로 그리며 내 어깨를 두드린다.

"응? 그래? 난 잘 모르겠는데?"

고개를 왼쪽, 오른쪽으로 돌리며 어깨 끝 점을 응시했다.

"이것 봐봐. 내 어깨는 이렇게 라운드가 졌는데 너는 완전 90도 직각이야! 하하하."
"에잇 뭐야. 놀리는 거야. 칭찬하는 거야."
"좋은 얘기지."

친구들의 칭찬 같지 않은 어깨 뽕 이야기에 머쓱했다. 긴장을 바짝 하고 살았던 내 모습이 보였다. 언제나 긴장감과 함께 살았으니 숨을 제대로 쉬는 방법을 알 턱이 있었겠나. 고른 숨을 쉰다고 했지만 깔딱 고개를 넘는 것처럼 혁혁거리며 연명하듯 쉬었다.

호흡은 언제나 부드럽고 정성스러운 숨결이어야 한다. 숨을 쉬어야 장기가 돌아가 몸을 움직일 수 있다. 당연한 말이다. 그러나 현실은 쉬어지거나 내뱉어지는 하나의 숨 따위엔 관심조차 없었다. 너무나 쉽게 쉬어졌으니까. 과연 이 세상에 당연한 것이 있나? 나의 노력과 관심이 있어야 받을 수 있는 상황이 되는 것이다. 세상엔 공짜는 없는 법이니까. 그저 쇄골이 움푹 파이고 각진 어깨가 주는 외적인 아름다움에만 관심을 보였기에 명상할 때 숨 쉬는 게 어색했고 들쑥날쑥한 상태였다. 내 것을 뺏기고 싶지 않은 욕심과 근사해 보이고 싶은 자만심에 나의 숨구멍은 점점 작아졌다.

'휴…. 알아차리고 나니 이제야 숨이 제대로 쉬어지네. 정말 다행이다. 죽기 전에 알게 되어 감사해.'

지금 여기! 하나의 숨을 이어 가며 나를 지켜 내고 있다. 들이쉬고 내쉬고를 반복하며. 정신없이 흔들리게 하는 상황이 몰려오면 나의 숨소리에 온 마음과 감각을 몰입한다. 아무도 나를 흔들 수 없고, 헤집을 수 없도록. 이번엔 길게. 이번엔 짧게. 머릿속 상황이 진정될 때까지 숨의 길이와 소리에 귀를 기울이다 보면 내 마음이 연결된다.

'어? 어깨 뽕 올라갔네? 긴장 풀어. 괜찮아.'

숨 쉬는 걸 자꾸 놓치네.

괜찮아! 또 가만히 눈 감고 쉬면 되니까.

그래. 편안히 쉬어. 죽으란 말 아닌 거 알지?

나만의 워크북

◆ 두렵거나 화나는 상황이 왔을 때 우선 눈을 감는다.

◆ 가늘고, 길고, 깊게 호흡한다.

◆ 마음이 안정될 때까지 호흡을 이어 간다.

◆ 호흡이 편해졌다면 거부감이 들었던 대상을 바라보며
  감정을 살펴본다.

◆ 거부감의 원인을 찾아본다.(나의 보기 싫은 모습이었
  거나, 트라우마의 사건이었거나)

◆ 감정을 온전히 수용한다.

수영할 줄 알면 적어도 빠져 죽지 않을 거란 생각에 아이들에게 수영을 가르친다. 적어도 죽지 않을 하나의 방법을 몸에 익히게 하려고 말이다. 나의 경우는 직장 생활을 시작하며 수영을 시작했다. 첫 번째 수업 시간에는 어린이 풀에서의 '음파, 음파'부터 시작한다. 기존에 쉬었던 숨의 패턴과는 반대로 들이쉬고 내쉬고의 시작과 함께 머리를 물속에 집어넣는다. 별다른 두려움이 느껴지지 않는 사람도 있고, 물속으로 들어가길 거부하는 사람도 있다. 제각각인 사람들과 함께 또 다른 세계의 물속으로 들어간다. 실내조명이 무서워하지 말라며 수영장 밑바닥을 비추고 응원해 줬다. 파란색의 사각 타일과 흰색의 이음새 실리콘이 물과 함께 묘한 패턴을 만들며 손짓했다. 준비운동을 하고 찬물에 몸을 담근다. 발차기와 손동작을 이어 갈수록 온몸이 따뜻해졌다. 어느새 50미터 물길을 헤엄쳤다. 두려움이 일어날 땐 숨쉬기가 힘들어지고 몸은 한없이 무거워진다. 앞으로 가기 위한 발차기와 팔의 움직임에 치우치다 보면 몸은 더욱더 무거워진다. 고통을 생각하다가 '수영을 잘하면 고통도 잘 넘어갈 수 있지 않을까?'라는 생각이 들었다. 인생이라는 강물에 두둥실 떠가는 모습의 내가 된다면, 고통도 찰나의 순간 지나갈 것이다. 어느 곳 하나 힘이 들어가지 않은 모습으로 균형 잡고 갈 수만 있다면, 숨 쉴 타이밍을 적절히 배치하며 나를 이끌어 갈 테니까. 인생이라는 강물에 두둥실 떠가는 나의 모습을 그려 본다.

일상생활 중
나만의 방식으로 이완하기

명상

✳

"지니 님! 명상은 어떻게 하는 거예요?"

언젠가부터 자주 듣는 이야기다. 명상을 잘하는 사람처럼 보이는지, 내가 또 의기양양 어깨 뽕을 잔뜩 세우고 말했는지, 생각에 잠기는 순간이다.

"음···. 글쎄요. 저만의 방식은 그냥 단전에 의식을 두는 거예요. 아 그런데 단전이 어디에 자리 잡고 있는지 모르겠다면 우선은 코끝에 두면 되겠네요."

누구에게나 들었던 뻔한 이야기를 질문자에게 뻔뻔하게 대답했다.

"그런데요. 그게 잘 안 돼요."
"어떤 게 안 되는 것 같아요?"
"의식을 코끝에 두라는 말을 많이 듣기는 했는데요. 그런데 자꾸 다른 생각이 들어요."
"그죠? 저도 그래요. 그런데 말이죠……."

언제나 대부분 그랬다. 이렇게 하라고 하면 일단 따라 하다가 나만의 방식으로 만들었다. 그리고 나에겐 '명상'이라는 단어보다는 '묵상'이라는 용어가 편했다. 가부좌를 틀고 앉아서 하는 것보다는 무릎을 꿇고 자기 전의 기도처럼 짧고도 응축된 기도문을 외우는 것이 쉬웠다. 이렇게 해야 한다. 저렇게 해야 한다. 그런 방법들 대신 내가 하는 명상에 관한 이야기를 해 보자면!

우선 방석 하나를 살포시 바닥에 놓고 방해 받지 않는 위치를 선정한다. 마음이 편해야 이완이 잘되는 것이니까 심적으로 마음이 편한 장소에 앉아 본다. 시간대도 중요했다. 가족들의 방해 없이 오롯이 내 안에 머물고 싶어서 한밤중 모두가 잠든 시간을 이용했다. 하지만, 명상 초반 밀려드는 두려움 때문에 명상을 시작하면서 귀신들이 찾아왔다. 하나같이 어두운 사연을 얼굴에 담고 있었다. 햇빛 가득한 한낮의 시간을 택했다. 귀에는 소음방지 이어폰을 끼고서. 방석이 놓인 위로 철퍼덕 앉아서 양반다리를 한다. 접은 다리의 뒤꿈치를 일자로 놓고 무릎에 힘을 뺀다. 오랜 시간이 지나면 찌릿한 다리 저림의 순간이 찾아온다. 언제나 쉽지 않은 자세다.

최대한 나의 노력을 반영한 가부좌로 앉았다면 양손은 최대한 편한 곳에 올려놓는다. 손바닥으로 무릎을 감싸보기도 하고 반대로 손바닥을 무릎 위에 살포시 기대어 연꽃처럼 활짝 펴놓고 두 눈을 감는다. 눈을 감으면 칸칸이 이어진 기차를 따라 여러 가지 생각이 달려올 것이다. 끝도 없는 새로운 이야기와 인물을 태운 채로. 기차를 따라가느라 조금 전에 앉았던 자세는 휘청이기도 하고 딸려가기도 한다.

신기한 건 명상 속에 이야기는 다양한 장르로 찾아온다는 것이다. 지루할 틈을 주지 않는다. 여러 가지 빛의 시각적 효과는 동공의 확장과 축소를 반복한다. 시간이 지날수록 꼬부리고 앉은 다리는 저리다 못해 감각을 잃어 간다. 그때부터는 나와의 싸움이 시작된다. 이대로 멈출 것인가. 그대로 진행할 것인가. 일어나는 생각과 현상을 쫓느라 시간 가는 줄 모르고 끌려다니는 듯하지만 결국은 리모컨을 들고 어디를 볼 것인지 선택하는 시청자가 된다.

누워서 하는 명상은 다리 저림과 잡념으로부터 해방될 수 있다. 편한 위치에 자리 잡은 머리, 어깨, 무릎, 발은 코골이 나라로 순식간에 들어가게 되니 또 다른 고민이 시작된다.

'그래도 어때. 불편함이 없어야 명상을 자주 할 수 있지 않을까? 일단 틀에 맞춰놓고 하려면 시작부터가 하기 싫음이 될 테니까.'

명상하면 많은 질문이 떠오른다.

'명상을 어떻게 해야 쉽게 할 수 있을까?
이렇게 저렇게 그렇게 해야 한다. 그런 게 과연 있을까?
그저 평온한 상태로 만들기 위한 과정이 아닌 걸까?
잡생각의 산속에 들어가면 안 된다는 생각 대신 '들어갔구나'의 따스한 마음과 함께 한 걸음씩 저마다의 길방법을 찾으면 되는 거 아닌가?'

운동하러 가는 길에는 버스 대신 걷는 방법을 선택하며 지나가는 풍경을 맛보듯 음미해도 좋다. 풍경을 보면서 머릿속이 비워지면 고민했던 문제의 해결점이 불쑥 떠오르기도 한다. 걷기 명상이라고 하면 걸으면 되는 것이고, 혼잣말하기 명상이라고 하면 자기 자신과 대화하면 된다. 나만의 방법으로 평온한 상태로 만드는 것이 명상의 첫 번째 과정이다. 첫 번째 방법을 찾았다면 두 번째는 일상생활 중에 알아차리기를 연습하는 것이다. 내 옷을 입은 것처럼 편안해진다면, 평온한 마음이 잔잔하게 일렁일 테고 바로 그때! 떠오르는 화두를 던져 보면 무르팍의 답을 전달받을 것이다.

평온함 속으로 들어가는 방법은
그저 내가 하고 싶은 대로 하는 게 장땡이다.
생긴 게 모두 다른데 답도 여러 가지겠지.

나만의 워크북

- 나를 마주할 장소와 방법을 정한다.
- 나의 의식을 단전에 둔다.
- 호흡을 가늘고, 길고, 깊게 한다.
- 떠오르는 것이 있다면 바라보고, 생각의 꼬리를 따라 가지 않고 보내 버린다.
- 다시 호흡에 집중한다.
- 호흡 관찰이 잘 되고 있다면 화두를 던져 본다.
- 나만의 명상법을 일상생활화 시킨다.

명상하기 전 몸을 완전하게 이완하라고 한다. 머리끝부터 발끝까지 힘을 다 풀어 버리면 되는 거라고. 설명은 참 쉬운 이완이지만 정작 자세를 고쳐 앉고 시작하면, 감은 두 눈과 마음이 몸 상태를 점검하며 거기 힘 빼! 저기 전원 끄라니까?! 검지를 곧게 뻗어서 지적한다. 그렇게 눈꼬리가 위로 올라간 얼굴은 집합을 외치며 신경을 모으곤 했다. 제대로 이완한다는 게 이렇게 어려울 줄이야. 그런데도 포기는 없다. 지지직거리는 신경 스위치를 꺼버린다.

'처음부터 쉬운 게 어딨어. 하다 보니 쉬워지는 거지. 포기하지 않으면 언젠간 되겠지!'

그렇게 명상이라는 것을 시작하고 이완하다 보니 생각이 말랑말랑해지고 삶이 여유로워졌다. 명상하기 위한 이완이 생활 속에 자리 잡히면 타인을 핑계 삼아 내뱉은 말들을 얼른 주워 담게 된다. 길을 걷다가 핀 꽃을 바라보며 '이쁜 모습 보여 줘서 고마워'라고 말하기도 하고 '그동안 인사해 줬는데 심술 난 내 모습 안에 갇혀서 보지 못했네'라고 미안해했다. 그러다 보면 나를 바라보는 과정이 바쁨보다는 여유로움의 보름달이 되어 차오른다. 아집과 고집으로 움켜쥔 손을 쫙 펴고 온몸에 따뜻한 기운이 맴돌도록 순환시킨다는 것이 바로 인생 이완이 아닐까? 파아란 하늘과 코를 간질이는 바람이 함께라면 더욱더 쉬운 이완 모드!

'들숨…. 날숨…. 후…. 좋다.'

생각 대신
입체적인 시선으로 바라보기

자기 객관화

✳

명리학을 공부하는 날이었다. 한자와 명리학 용어 속에서 대환장 중이다. 대혼돈 속에서 빠져나오기 위해 안간힘을 쓰는 중에 또 하나의 공부가 추가됐다.

"아~ 천간에 생지가 있다고? 아 그렇구나~ 천간에도 생지, 왕지, 고지가 있었구나. 킥킥킥."

나한테만 기분 나쁘게 들리는 말과 웃음소리가 귓가를 자극하기 시작했다.

"아! 맞다. 내가 착각했네. 잘못 말했네."

자극점 덕분에 나의 설명이 틀렸다는 것을 알게 됐고 이내 정정하며 내뱉었다.

"잘못 말했데. 확실한 거지?"

재밌다는 듯 낄낄거리는 모습이 무척이나 거슬렀다. 아니! 그러한 나를 발견했다. 화도 함께 올라왔다. 호흡에 집중하기 시작했다. 역시나 충격파는 하나만 오지 않는 법이다. 하나의 파장이 또 하나의 파장을 일으키는 듯 연달아 포물선을 그리며 다가왔다.

"지니 언니는 모든 상황을 본인 이야기로 귀결시키네요. 비겁이 있어서 자기애가 강한가? 킥킥킥."

"지니야. 지금 공부한 부분 정말 이해했어? 너만 이해하면 여기 사람들 다 이해한 거야."

'오늘 나 제대로 걸린 걸까? 왜 동네북이 되어야 하는 거지?'

머릿속이 바빠졌다.

"......."

최대한 하고 싶은 말을 아끼며 '왜 이런 상황이 왔을까?'라는 깊은 생각에 빠졌다. 상황은 나만 콕 집어서 한마디씩 말을 보태어 내몰았고, 그로 인해 슬슬 화가 치밀어 올랐다.

'어떻게 말을 저렇게 툭툭 내뱉을 수가 있지? 그런 본인을 인지하고 있는 걸까?'

많은 생각들이 신나서 달려들었다. 가만히 있으면 가마니로 볼 수 있겠다는 마음에 나름의 방어전을 펼쳤다.

"나 그만 불러. 화날 것 같으니까."

눈을 내리깔고 단호하고 간결하게 말했다.

함께 공부하려고 만든 모임 안에서 각자 맡은 부분을 설명하고 공부하는 시간이었지만, 공부도 어려운데 정신까지 탈탈 털린 날이었다. 수용력이 좋다고 레드카펫을 깔아 주더니 시뻘건 카펫을 내 몸과 함께 돌돌 말아 멍석말이 당한 기분이었다. 수치심은 극에 달아올랐고 여차하면 도망갈 자세를 취하고 있었다. 하…. 진짜 박차고 나가고 싶었다. 그 순간 나를 위한 호흡을 시작했다. 가늘고, 길고, 깊게. 생각의 꼬리를 자르기 위해 단전에 의식을 두고 반복적이고 정성스러운 호흡을 이어 갔다. 그리고는 내 안에서 빠져나왔다. 영화 〈트루먼 쇼〉에서처럼 지켜보는 사람이 되었다. 트루먼이 된 나의 세세한 마음과 움직임을 지켜봤다. 파르르 떨기도 했고 무언가를 잡고 던질 기세였다. 붉어지려는 얼굴을 식히려는 듯 노력하는 모습과 두 개의 눈썹이 위아래로 움직이며 현재 상태를 표현했다. 많은 시간이 흐르지 않았다. 여러 가지의 선택지 앞에서 일어난 감정을 파악했다.

'아! 나의 피해의식이었구나. 잘하고 싶은 욕심과 인정받고 싶은 마음이었어. 나의 틀 안에서 또 스스로 몰아세웠구나. 허허허허. 그러고 보니 상황 덕분에 나를 돌아볼 수 있는 시간을 가졌네! 깊고 웅장한 선물이야. 고마워 도반들!'

기승전 나의 이야기로 귀결되는 자기애가 충만하다는 도반의 말을 떠올렸다. 그리고 나의 말과 행동을 되돌아봤다. 유난히 나의 뜻대로 하려는 마음이 요동쳤고 조금이라도 어긋나면 무시한다는 생각이 극에 달했다. 그 화딱지 나는 순간에 생각을 멈추고 가늘고 깊은 호흡으로 올라오는 감정을 살폈다. 물음표에 대한 답을 과거로부터 현재까지 찾아보며, 성찰하는 연습에서 온 결과였다. 온전한 이해를 위한 보물찾기를 하느라 바빴다. 거부감이 드는 것에 대한 이유를 내 안에서 찾아야 했다. 보기 싫은 내 모습이었는지 아니면 무의식적으로 내뱉고 있는 말과 행동인지. 찾고 나면 아무것도 아닌 상황이 된다는 것을 알았기에 사력을 다했다. 화를 불러일으키는 사람들에게 감사한 마음을 가지게 됐다. 그들 덕분에 관찰과 성찰의 시간이 풍부해지고, 나의 모습을 발견하고 이해하는 시간을 가질 수 있기 때문이다. 사람들과 이야기를 나눌 때 내 안에 의식을 두는 연습을 하다 보면, 화내고 문을 박차는 순간을 침묵과 성찰로 잠재울 수 있다. 보고 듣고 싶은 이야기만 바란다면 불편함 속에 갇힐 것이지만 입체적인 시선으로 바라본다면 풍부하고 자유로운 삶을 살아갈 수 있을 것이다.

매 순간 치열하게 뇌를 굴리고,
매번 현명한 선택을 하지 못했던 이유는!
마음의 소리가 아닌 생각의 소리를 듣고 선택했기 때문이야.

나만의 워크북

- ◆ 화딱지가 날 때 즉각 반응하지 말고 눈을 감거나 멍 때리는 눈을 만든다.
- ◆ 생각을 멈추고 가늘고, 길고, 깊게 호흡한다.
- ◆ 마음이 차분해질 때까지 호흡을 이어 간다.
- ◆ 올라오는 감정을 인정해 주고 이유를 찾아본다.
- ◆ 내 안에서 답을 찾고, 나를 위한 선택을 한다.

세상을 살아가다 보면 인지하지 못할 정도의 많은 상황과 감정들이 지나가고 다가온다. 운이 나빠서…. 아니! 정확하게 말한다면 나의 몸과 마음의 균형이 깨진 날이면 여지없이 안 좋은 상황이 떼거리로 몰려든다. 모든 것을 송두리째 빼앗아 가버린다. 한바탕의 소동 후, 퉁퉁 불은 눈두덩이와 빈껍데기의 육체만 덜렁 남아 있는 기분에 몸과 마음의 스위치가 강제적으로 꺼지고 만다.

할머니를 모시게 되면서 희로애락 중 로와 애만 왔다 갔다 하는 중이다. 자식이 아닌 손녀와 손주사위가 할머니를 모시게 된 것부터가 순리를 거슬러 올라갔다. 그래서인지 할머니의 자식들 한마디에 나의 가슴 아궁이와 머리 굴뚝은 불과 연기가 자욱했다. 그리곤 억울병이 몸과 영혼을 돌아다니며 땅따먹기 시작했다. 내가 원해서 할머니를 모시러 들어왔건만 내가 먼저 죽을 것 같았다. 모두에게 화가 났고 그들을 원망하며 피해자 코스프레를 시작하려는 순간! "죽으라는 법은 없다."라는 문장이 답답하고도 두려운 벽을 깨고 나오기 시작했다.

가족들이 나를 표현하는 단어 '쌩쌩거린다'를 인자한 눈으로 바라보게 됐다. 그렇게 말하는 그들의 마음으로 들어갔다. 아빠가 화날 때마다 내뱉는 '병신'이라는 표현이 듣기 싫다고 말했던 엄마는 나에게 병자라고 말했다. 할머니는 아예 대놓고 '정신병자'라는 말로 심장에 칼을 쑤셔 넣었다. 가족들의 한마디로 이미 난 예민 병자였고, 스스로 비판하며 그런 아이로 살아왔다. 그런데 왜 내가 그렇게 되었을까? 나는 분명 순수한 아이로 태어났고 천진난만하게 자랐다. 환경적인 고통의 시작으로 책임감이 강한 나는 모두를 지켜야 한다는 오만한 생각을 했다. 나를 지키지 못하는 데 누굴 지킬 수 있단 말인가. 사랑하지 않는데 누굴 사랑할 수 있겠는가. 타인이 아닌 나 스스로 학대하고 있었다. 못난이, 쨍쨍이, 예민 덩어리.

공감력이 뛰어난 성실한 아이. 따뜻한 책임감을 지닌 배려심의 아이콘이지만 타고난 능력을 제대로 사용하지 못해서 더 힘든 삶을 살아왔다. 타인의 능력을 부러워하면서 말이다. 남들이 가질 수 없는 값진 재능은 빛은커녕 세상 밖으로 나올 수 없었다. 스스로 인정하는 것이 그렇게 어려운 일이었다는 것을 반백 살이 되고야 알게 됐다. 나를 바라보기 시작하면서 타인의 마음은 더 촘촘하게 내 옆으로 다가왔다. 다양함을 가진 존재로서 이해하고, 고통의 순간이 아닌 배움의 시간이 감사했다. 오늘도 내 안의 블랙홀로 들어가 본다. 어떤 과정이며 감사함의 순간인지 알아차리기 위해서.

비교하지 말고,
있는 그대로 사랑하기

인정

✳

'와 정말 멋있다. 어떻게 저런 생각과 저런 말을 할 수 있는 거야? 학벌이며 외모까지 완벽 그녀구나. 신은 불공평하다는 말이 여기서 나온 거구나. 나는 보잘것없는 학력과 갖추어지지 않은 지식 게다가 말은 또 왜 이리 어버버버 하는 거야. 휴…. 숨고 싶다. 정말.'

몇 해 전부터 알게 된 대표님의 사업체 확장으로 행사에 초대받았다. 무대 위에서의 그녀는 빛의 모습이었고, 참여자들과 일일이 눈 맞춤하며 자신감을 뿜뿜 내뱉는 완전체였다. 부러운 마음에 의지와 상관없이 나를 끌어다 대입하며 비교하기 시작함과 동시에 건네받은 마이크.

많은 시간을 책상에 앉아 모니터와 눈싸움하며 나 홀로 창작물 만드는 일을 주로 했다. 많은 사람과 함께 작업하거나 낯선 이들 앞에서 말하는 것이 세상에서 제일 무서운 일이었다. '언제나 내 친구였던 모니터와 이런저런 이야기를 나누곤 했던 나에게 회사 소개라니…. 세상 참 불공평하네' 앞선 이의 발표가 멋들어진 이후면 더욱더 비교되는 다음 차례다. 그 누군가에겐 하나의 작은 행위겠지만 나에겐 커다란 산을 옮기라는 것처럼 어려웠다.

늦은 나이에 한 결혼으로 신랑의 은퇴 시간이 다가왔고 업으로 삼아 왔던 전시 그래픽 디자인 일도 없었다. 방과 후 선생님, 네트워크 사업, 손재주를 활용한 알바 등등 이것저것 들이닥치는 대로 노후에 대한 대비책을 마련하던 중이었다. 안갯속의 목표가 무엇인지 알기 위해 끊임없이 이것저것 시도해 보고 까이기를 반복하던 중 지인 작가님과의 통화로 정부 지원사업에 대해 알게 됐다. 통화를 마치고 가지고 있었던 아이디어를 지원사업에 제출하였고 선정되어 사업을 시작했다. '마치 나를 위해 기다리고 있었던 걸까? 인생에 찾아오는 세 번의 기회 중 하나인 걸까?' 의도치 않게 했던 공부로 사업을 시작했다. 알고 보니 많은 사람이 정부 지원사업을 따내기 위해서 고군분투 중이었는데 그걸 운 좋게 따낸 나였다. 그러나 모니터와 친구였기에 대표로서의 준비가 덜 된 나였다. 소통하기 위한 명함 돌리기 자리는 질

색이었다. 그렇지만 스타트업을 육성하거나 투자하는 사업가들 앞에서 나 당당 존재감을 뿜어내야 했다. 간결하고도 단호한 회사 소개 한 줄과 함께.

내성적인 아이. 그게 나다. 요즘 흔히 말하는 MBTI 중 I이고, 혈액형은 A형이다. 보편적으로 이해할 수 있는 수치상의 나다. 표면상의 모습은 밝고 상냥함을 담고 있는 사람이다. 완벽해 보이는 것과는 다르게 반전의 허탕 미가 전부인 나. 그것이 매력점은 아니더라도 인간미가 있는 것이라고 포장했다. 사업가로는 그리 좋기만 한 모습은 아니었다. 사람들 앞에 나설 때마다 내면에서는 난리통이 시작됐다. '어떡하냐고. 지금까지 뭐 하고 살았냐고. 네가 그 정도지 뭐. 찌그러져 있으라고' 할 말, 못할 말 가리지 않고 스스로 쏘아대며 걷잡을 수 없는 비난과 비판의 펜듈럼의 움직임에 정신을 놓았다. 그동안은 그렇게 살아왔다. 상황에 휘둘리고 위축되어 내가 하고 싶은 말을 하지 못했다. 자책하고 두려워하며 도망갈 궁리에 나를 지켜 주지 않았다. 워낙 못난 사람이었고, 뭘 해도 못하는 사람이었다고 자책하고 비난 치부책을 만들었다.

'왜 내가 저 사람과 같아야 하는 걸까? 나는 나인데 왜 저 사람이랑 비교해야 하는 거냐고. 그러게…. 그런데 말이야. 저 대표님은 분야가 다른 걸? 그리고 봐봐. 내 꼴이 우스운 게 아니고 대단한 거 아냐? 잘하지 못하는 것으로 저들과 경쟁해서 함께 가고 있는데? 그러니까! 내가 잘하는 걸 하면 되는 거야. 와! 엄청난데? 결론은 내가 저들의 부러운 점이 있듯이 나를 부러워할 그 장점을 활용하면 되는 거야.'

생각을 멈추고 나를 보호하는 마음의 소리를 듣게 됐다.

'Why not?'

비교를 멈추니 나를 지켜 내게 됐고, 독특한 색깔이 가득한 나를 보기 시작했다. 매번 쉽지 않지만 나를 지켜 내고 있고 그런 나를 사랑하고 있다.

'그래! 그럼 됐지. 뭐 어때!'

이 세상에 똑같은 사람은 단 한 명도 없는데
같은 모습으로 살아야 하는 이유가 있나?
생긴 대로 살자고!

나만의 워크북

◆ 갑자기 비난의 대상이 되는 나를 바라본다.
◆ 어느 순간에서라도 온전한 나를 믿고, 완전한 나를 사
  랑하는 마음으로 지금의 생각을 멈춘다.
◆ 어느 순간, 어느 상황에서도 나를 인정하는 연습을 끊
  임없이 한다.
◆ 무조건 나는 온전하다고 믿고 지켜 내야 한다.

마음 컨디셔닝

타인에게서 나를 본다. 타인이 우리 자신을 투영하는 거울이라는 말. 마음공부를 하면서 많이 들었던 말이지만 인정하고 싶지 않은 말이다. '뭐라고? 저 사람의 저 모습이 나의 모습이라고? 내 안에 있는? 말도 안 돼. 하⋯.' 숙고 끝에 나의 모습을 찾았다. 너무도 보기 싫었던 모습이었다. 아주 깊은 곳에 여러 개의 가림막으로 씌워 놓고 누구도 볼 수 없게 꼭꼭 숨겨 놨다. 보물이라면 한 번씩 가서 쳐다보았을 테지만 인정하고 싶지 않고 쳐다보기 싫은 모습이었다. 가리고, 외면했다. 식겁했다. 저게 나여서. 흉측한 내 모습이어서. 밉고 싫어서 버릴 거라고 고함을 질렀다. 그렇게 한참을 들여다보고 있으니 웃음이 났다. 그저 판단하지 않고 바라보았을 뿐인데. 보고 싶지 않은 나의 모습이 괜찮아 보였다. 심지어 사랑스러웠다. '얼마나 간절했으면 그랬을까'라는 마음에 그럴만했다고 속삭이며 두 팔 벌려 꼬옥 안아 줬다. 부정하던 나의 모습도 나인데 그렇지 않다고 말했으니 얼마나 서운했을까. 이런들 어떠하리. 저런들 어떠하리.

내 안에 여러 모습을 부정하는 순간부터 나는 사라지는 것이다. 미운 곳에 관심을 두고 바라보면 이뻐지는 매직을 경험할 수 있다. 이쁜 곳은 눈 한번 찡긋해 주면 신나서 하늘로 날아가는 모습을 바라볼 수 있다. 글이 주는 배움의 시간에 또 한 번 엎드려 감사의 절을 하고 오늘도 신나게 출발한다. 나도 모르는 사이에 목 놓아 울며 드렸

던 간절한 기도가 이루어지고 있다. 신은 언제나 나와 함께 있고, 정
확한 때와 방법을 알려 준다. 나에게 주어진 길을 따라서 무심하지만
단호한 마음으로 한 발자국 전진한다.

마음 컨디셔닝

'그렇구나'라는 영양제 먹기

몸의 신호

✳

"검사 결과가 나왔는데요. 폐경되었네요."

나의 얼굴을 살피며 조심스레 결과를 이야기했다.

"벌써요? 하……."

여자로의 존재감이 사라지는 듯한 기분이었다.

"아 요즘은 젊은 사람들도 폐경이 빠른 편이에요. 스트레스가 많아
서 그렇기도 하고요. 특히나 시험관 아기를 준비하면서 조금 더 빨리

온 것 같아요. 영양제와 운동으로 몸 잘 챙기면 되니까. 너무 우울해하지 말고요."

위로의 말을 건네받았지만, 마음은 받을 생각이 없었다.

"아…. 네…. 그럴게요."

'그래. 매달 생리를 하지 않으니 편할 테고, 생리 전후에 널뛰기하는 기분이 없어진다는 거니까. 괜찮아.'

그런데도 썩 좋은 기분은 아니었다. 그랬다. 중년에 남들보다 조금 빨리 그 친구가 찾아왔다. 대부분 가족을 긴장하게 만들기도 하는 그 친구.

갱! 년! 기!

우울감도 있고, 감정의 변화가 오르락내리락한다는데…. 뭐 또 난 감사하게도 그러한 것을 이미 많이 경험했고, 하고 있으니 특별한 것은 없었다. 어려서부터 추위에 약해서 "방귀에 말려 오줌에 데쳤네?"라는 말을 할머니께 듣고 자랐던 나였다. 그래서인지 갑자기 열이 확 올랐다가 진땀이 나고 갑자기 추워지는, 적응 안 되는 상황을 받아들이는 것이 조금 힘들 뿐이었다. '골~반, 무릎, 허리, 발, 오십견!' 머리 어깨 무릎 발 율동 동요를 부르며 슬퍼할 겨를 없이 통증이 이곳저곳을 방문해 줬다. 경험 부자로 태어났는데 또 그렇게 쉽게 넘어가기엔 아쉬우니까. 골반부터 시작한 뼈의 재정렬 시간이 찾아왔다.

잘못을 저지르고 나면 언젠가 반드시 드러나는 일처럼 수련으로 인해 나를 마주하는 시간이 많아지다 보니 그동안 큰 병치레 없이 지나왔다. 건강에 자신하며 함부로 대했던 게 통증으로 드러났다. 벼락과 돌풍을 몰고 온 강력한 태풍처럼 인정사정없었다. 팔을 올리기에도 눈물 나게 아팠고 통증에 온 신경을 맞추다 보니 우울감이 찾아왔다. 이 모든 것이 갱년기 때문에 온 것인지 의문이 들었다. 짜증이 곳곳에 자리를 잡고 내뱉을 시기를 기다리고 있었다. '아뿔싸! 누가 누굴 탓해. 내가 아픈 이유는 돌봐 주지 못한 과거로부터 현재까지 나의 무심함이었건만' 아픈데 웃었다. 정말 미안하면 미안하다는 말도 못한다. 아프다는 말은 감히 내뱉을 수가 없었다. 너무나 당연했으니까. 호되게 아파봐야 건강이 최우선이라는 것을 알게 된다. 뭐 그것 또한 건강해지면 까먹게 된다. 그래서였나보다. 여기저기를 다니면서 '너 아직도 모르겠어? 정신 좀 차릴래?' 하며 걸어 다닐 수 있게는 해 줬다. 예리한 칼날에 찔리는 듯한 고통으로 꾸준히 알아차리는 연습의 시간을 가졌다. 고통 또한 나를 위해 챙겨 먹어야 하는 성장 영양제였다. 그런 말이 어딨느냐고 말하는 사람도 있었다. 말도 아깝다고 코웃음을 들려준 사람도 있었다. 마음속으로 조용히 반박했다. 언젠가 알게 될 테니까. 여기까지 이야기하자고. 때가 되어야 들리는 말이 있고, 머리가 아닌 마음으로 이해할 수 있는 순간이 올 테니.

'폐경도 빨리 와서 슬픈데 언제까지 아플 거야? 미치겠네. 이번엔 너까지 아픈 거야? 참 나 원.'

끝나지 않는 통증을 따라가며 닦달 대마왕처럼 굴었다. 어리석었던 시간이 지나고 얻어 낸 마법의 약은 알아주고 흘려보내기였다. 아픈 것을 붙잡고 놓아주지 않았으니 갈 수 없었다. 흘러가는 강물처럼 '여기가 아팠구나! 그렇다면 이렇게 해야겠다'라며 통증에 도움이 될 만한 것을 챙겼다. 아픔에 집중할수록 부정적인 것만 몰고 온다. '그랬구나'의 온전한 이해의 마음으로 잠시 바라보고 해야 할 것들을 챙기면 그만이다. 미안한 마음과 함께 감사한 시간의 약을 추가하면서.

그래서 현재, 몸의 날씨는 맑음!

+ +
+

도대체 언제까지 아플 거야?
왜 또 여기가 아픈 건데?
누구한테 화내는 거야? 내가 만든 건데.

나만의 워크북

◆ 아픔이 일어나도 안달복달하지 않는다.

◆ 아프다는 것은 돌보라는 신호다. 먹기, 스트레칭하기, 산책하기로 정성껏 나의 몸을 돌본다.

◆ 아픈 것에 정신을 집중하지 말고 '아프네' 하며 흘려보낸다.

◆ 집중할수록 고통점은 커지고, 우울감에 빠진다. '그렇구나. 아프구나'를 사용해 본다.

◆ 하루의 시작과 끝, 고생한 몸에게 감사 인사를 한다.

　갑자기 생긴 가슴 통증으로 병원을 찾았다. 한순간 심장의 조여오는 걸 느끼곤 겁이 왈칵 났기 때문이다. 그러고 보니 딱 십 년 전이었다. 40대로 진입하는 시간 통로 안에서 많이 떨고 있었다. 다른 이들처럼 평범한 결혼생활을 하지 않았다. 내 주위에 맴돌고 있는 미션을 따라 나 또한 둥둥 떠다니며 안착을 갈망했다. 그러한 마음은 몸이 알아줬다. 그것도 모자람 없이 몸의 이곳저곳에. 가슴 중앙에서 빨래하는 중인지 심장 내과를 가게 했다. 혈관을 타고 돌아다니던 동그란 아이들이 여기저기 치인 듯 찌그러진 모양새를 뽐내며 혈액 내과로 손짓했다. 어서 오라고. 매번 쓰러져도. 이유를 찾지 못해도 괜찮았다. 젊었으니까. 대수롭지 않았다. 큰 병은 나랑 별개라고 생각했으니까.

　까불었다. 대놓고 잘난 척하며 몸과 싸움 중이었다. 약 먹는 것도 건강을 위한 챙김도 대충대충 했다. 머리가 나쁘면 사서 고생한다던데 마음을 외면하고 방치했더니 몸이 고생 중이다. 이제 또다시 앞자리가 바뀌는 시계를 타고 재빠르게 지나가는 중이다. '몸과 마음의 이야기를 들을 수 있어서 십 년 전 그때처럼 아프진 않겠지?' 손바닥 안에 있는 알록달록한 약들을 보며 이야기를 건넸다. 너로 인해 나의 몸이 건강해질 수 있게 도와줘서 고맙다고. 그리고 나도 그 어떤 이에게 사랑을 주는 약이 되겠다고. 두 눈을 찡끗 감고 약을 털어 넣는다.

성실하되 애쓰지 말기

비우기

적당히 살아가려 한다. 대충 살아가려 한다. 내가 생각하는 행복한 삶이란 지금의 만족이다. 꼬꼬마 시절부터 인정받기 위해 매 순간 용 쓰며 살았다. 용써서 된다면 쓰겠지만 설령 된다고 하더라도 다시 제로가 되는 순간이 많았다.

나의 이십 대 초반. 지금은 상상할 수 없는 티끌만 한 월급이었지만 머릿속의 가계부를 돌리며 전략적인 삶을 살았다. 게다가 할머니가 계주로 있는 곗돈까지 따박따박 저축하며 커다란 꿈길을 그리고 있었다. 그런데 웬설? 두 개의 세좌를 가지고 있있던 곗돈은 땡그랑 한 푼도 만져 보지 못한 채 계주인 할머니가! 딸인 엄마한테! 주인인 나의 의견도 없이! 전달했다. 꿈은 거기서부터 날아갔다. 뭔가 난리를 쳐야 하는 상황인 건 분명한데 울지도 못한 채 쨍쨍거렸던 기억만 남았다. 가족 계라서 믿을 수 있었는데 가족에게 뒤통수를 맞게 될 줄이야.

매번의 시작은 결과를 생각하며 실행했다. 그러다 보니 즐거움보다는 억지로 해내고 싶은 욕심이 가득했다. 최선을 다했다는 생각에 안 되는 이유를 찾지 못했다. 세상을 향해 불만을 토로했고 하늘을 향해 하느님을 원망했다. 최선을 다했던 일은 수없이 많았지만, 하지 말아야 할 일도 수없이 많았다. 될 일이 아니었다. 그러나 안 될 일 같았던 정부 지원사업은 너무나 쉽게 이루어졌다. '도대체 왜? 이렇게 쉽게 되는 거야?' 아리송한 마음으로 과거의 모습을 회상해 보니 하루하루 즐거운 고민으로 만들어 낸 결과물이었다. 워낙 높은 경쟁률이었기에 기대하는 마음보다는 가벼운 마음으로 도전했고 이뤄냈다. 가벼움에서 시작한 사업은 성공에 대한 욕심이 생겼고 빠른 승부를 보고 싶었다. 그러나 억지로 끌려온 의지는 아무것도 하기싫은 무기력증을 몰고 왔다. 바쁘게 살아가고 치열하게 경쟁하는 대표님들의 모습을 보며 감사하게도 빠른 판단이 내려졌다.

'나는 더 이상 애쓰지 말자. 단지 지금 여기에 머물지만 대충 살자. 대충 산다고 해서 포기하는 삶의 형태나 무기력함이 아니니까. 나의 대충이라고 해도 성실함은 기본 장착되어 있잖아. 나의 직관을 따라가 보자. 될 일은 어떻게든 되고, 안될 일은 애써도 안 되는 일이니까.
안달복달 금지하고 살자.'

　매 순간 최선으로 살아왔지만, 애쓸 필요는 없었다.
　될 일은 될 테니까.
　그리고 안 될 일은 죽었다 깨나도 안 되니까.

용쓰는 삶을 살다 보면
꼴까닥으로 갈 수 있는 시간이 가까워질 거야.
무섭지? 그러니까 내려놓고 비워 내.

나만의 워크북

◆ 어차피 될 일은 생각지도 않게 풀린다.

◆ 마음을 비우고 나의 최선을 다한다.

◆ 해도 해도 안 되도 포기하지 않는다.

◆ 저마다의 시간을 기다린다.

◆ 포기하지 않는 나에게 욕을 하는 사람이 있다면 잘 가
   고 있는 것이니 꾸준함의 시간을 더한다.

한 문장이 나에게 선물처럼 들어왔다. "그대 자신에게 진실하라." 글을 읽으며 피식하고 미소가 터져 나왔다. 숨기거나 인정하고 싶지 않은 내가 있었다. 스스로 최면을 걸고 '~한 척'하는 가면을 쓰고 살았다. 왜? 그것이 나를 지키는 방법이라고 착각했고 그게 최선이라고 생각했다. 그래서 더 힘들었다. 자연스러운 것이 아니니 말이다. 자기중심이 없는 삶은 두렵고 고통스러운 과정들만 가득하다. 알지 못했던 삶을 살아 내느라 고생한 자신에게 박수와 사랑을 보낸다. 그리고 말한다.

"너의 부족한 모습에는 응원을 보낼 거고, 네가 잘하는 모습에는 브라보의 손뼉을 칠 거야. 어수룩한 모습에는 사랑의 하트 손을 날려 줄게. 완벽하지 않아도 괜찮아. 스스로 낮추지 않아도 넘어져도 괜찮아. 있는 그대로의 모습을 인정해 주자. 그게 바로 너니까! 그게 바로 사랑스러운 나니까! 그래서 말이야. 너의 직관을 믿고 가면 돼!"

삶의 모든 과정에서
이유 찾기

즐기기

✳

"지니 님은 큰 분 같아요."

두 명의 아이를 길러내는 엄마가 아닌 아이들에게 동심을 배운 순수
함의 그녀는 언제나 나를 치켜세우며 말했다.

"하하하 아이고 과찬의 말씀이십니다."

정말 기분 좋은 칭찬을 들었으니 최대한 크게 웃고 격한 움직임의
팔로 허공을 가로지르며 리액션을 보냈다.

"아니에요. 정말 큰 사람이 되실 거예요."

반복하며 치켜세워 주는 그녀.

"아이고 감사합니다."

훈훈한 인사로 감사를 표했다.

좋았다. 아주 아주 좋았다. 칭찬의 말에 내가 그런 사람인 것처럼 도반 님의 말을 덥석 받아 물고 신이 났다. 작은 키보다 큰 키가 좋았고, 이왕이면 큰 사람이면 좋다고 생각했다. 아무 생각 없이 내뱉고 다녔던 경험 부자라는 단어 덕분에 많은 경험치를 쌓았다. 그리고 많은 과정이 기다리고 있을 것이다. 말 한마디 허투루 내뱉지 말아야 한다. 부자라는 단어가 주는 풍요로움은 어떤 단어가 붙어도 같은 것으로 생각했다. '경험 부자' 느낌상 나쁘지 않아 보이지만 상황에서는 판단을 잘해야 한다. 많은 시간을 삽질하는 데에 사용했다. 내 길이 아닌데도 잘못된 판단과 선택으로 수없이 많이 돌고 돌아 지금에 이르렀다. 막연한 꿈을 위해 열심히 살았던 20대에는 해외 전시 덕분에 동양 서양을 넘나들었다. 모스크바, 독일, 홍콩, 캐나다(토론토, 몬트리올, 퀘백), 미국(L.A, 뉴욕, 14박 15일로 미주 횡단), 중국 등의 나라를

국내 여행처럼 돌아다녔다. 공부를 위해 무작정 떠나기도 했다. 디자이너로 밥 벌어 먹고살면서도 천직을 찾고자 다양하고 끊임없이 많은 경험을 쌓아갔다. 내가 원해서만은 아니었지만, 결과론적으로는 모든 것들이 지금을 위해 필요했던 과정이었다. 특히나 사업을 시작하면서 아나운서 톤의 발표자로 사람들 앞에 서야 하는 시간이 늘었다. 처음이라 긴장된 순간이 많았지만, 네트워크 사업을 할 때 강연했던 것이 도움이 됐다. '이런 걸 왜 해야 하는 거지?'라는 생각의 모든 과정이 내가 가야 할 길 안에 필요했던 경험이었다. 소름 끼치게 필요한. 아무 것도 아닌 게 아닌 모든 과정!

'타로 셔플 해 보자! 내가 글을 써야 하는지 말아야 하는지 알려 달라고. 내 마음은 쓰지 말라고 하는데 말이지. 억지로 하는 건 옳지 않잖아? 그래 한번 물어보자.'

타로 자격증을 따고서도 고민이 딱히 없었는데 드디어 물어볼 것이 생겼다. 답은 아주 명확했다. 글을 쓸 수 있는 충분한 능력을 갖춘 사람이고 써 낼 것이라고. 순간 웃음이 터졌다. '얼마나 하기 싫으면 타로를 펴 봤을까?' 하며 나를 바라봤다.

가벼운 마음보다는 욕심이 먼저 앞으로 튀어나왔다. 잘해야 한다는 압박에 거부감이 들었다. 카드 핑계가 필요했던 상황이었는데 얄짤없이 하라고 하니 도망갈 곳이 없었다. 무거웠던 욕심을 비워 내고 가벼워진 마음으로 손끝의 움직임을 따라가고 있다. 즐거운 일, 하고 싶은 일을 하기 위해서는 하기 싫은 과정도 필요한 것이니까.

직관이라는 핑계에 붙잡히지 않고 필요한 과정을 가벼운 마음으로 맞이하고 있다. 하기 싫은 그 어떤 것이 결국 나에게 꼭 필요한 과정임을 알기 때문이다.

그래서 나는 쓰고 있다.
공유하고 싶은 나의 이야기를
소명으로 가는 길에 해내야 하는 과정임을 알기에.

◆ 고통의 과정은 성장통이다.(즐겨보기)

◆ 기쁨의 과정은 다음 단계로 향하는 휴식처이다.(누리기)

◆ 반복의 과정은 내가 알아차림을 못하는 것이다.

  (감각을 깨우고 성찰하기)

◆ 상처를 돌아보는 과정은 나와의 소통으로 거부감을

  정면돌파 하는 것이다.(겸허히 받아들이기)

◆ 티끌만 한 과정도 원을 이루기 위한 점이다.

  (과정에 최선을 다하기)

　행복한 순간, 고난의 시간, 몰입의 시간 속 모든 과정과 상황은 날 위함이다. 벗어나고 싶은 고통의 순간도 내가 이겨낼 수 있는 가벼운 산책길이다. 어떻게 바라보느냐에 달려 있을 뿐. "신은 견딜 만큼의 고통을 인간에게 준다."라는 말을 이해할 수 없었다. 언제나 왜 이런 고통을 나에게 주냐고 원망의 소리만 내뱉었다. 고통만 가득했던 삶이라고 착각 속에 빠졌었다. 티끌 같은 고통으로 우주 같은 행복을 볼 수 없었다. 고통의 삶으로 살아온 피해자로 만드는 것이 지금의 나를 변명하는 수단이 됐다. 바보였던 나를 비웃기보다 사랑스럽게 마주했다. 그땐 그럴만했으니. 모든 순간을 무심하게 바라보며 감사하는 마음의 두 손을 모은다.

　'시련으로 배움을 허락하신 주님께 감사합니다. 지혜를 허락하신 주님께 순응하며 뜻을 살피겠습니다.'

　모든 순간이 내 안의 그릇을 빚어내고 있다.
　오늘도 그릇 키우기를 위한 물레질을 한다.

내 중심 안에서
상황을 이해하기

머무르기

✳

"엄마! 저란 사람은요. 누구에게 욕먹지 않으려고 도리에 어긋나지 않는 삶을 살고자 했어요. 큰이모, 작은이모 그리고 엄마까지 저를 쨍 쨍거리는 아이로 할머니께 공손하지 못한 사람으로 인식이 되었다고 해도 이젠 억울하지 않아요. 누가 뭐라 해도 저는 그런 사람이 아니 니까요. 아마도 그러한 마음을 품고 입 밖으로 말을 내뱉는다면 그 사 람의 생각일 거예요. 자신을 변명하기 위해 비난의 대상자가 필요했 던 생각이요. 그래서 저 또한 서운함 가지지 않으려 해요. 제가 선택 한 일인데요. 할머니가 나를 키워 주셨으니 갚고자 하는 마음으로 모 시며 살았던 거예요. 물론 곁에서 도와주고 유일한 내 편이 되어 준 전우 같은 신랑이 있어서 함께 싸울 수 있었네요. 그리고요. 할머니도

마음 컨디셔닝

가여운 분 아니세요. 스스로 선택하고 살아가는 단단한 분이세요. 아마도 그 마음은 엄마나 이모들의 마음일 거예요. 모두 자신에게 위로해 주면 좋겠는데요."

몇 달 전까지 함께 살았던 할머니가 요양원으로 들어가면서 가족에게 들었던 이야기는 분쇄기에 갈리는 고기처럼 마음이 갈기갈기 찢기는 기분이었다. 하나의 해프닝으로 두 개의 사건이 벌어졌다. 비난의 대상자인 나는 할머니를 무시하고 대드는 나쁜 년이었고, 할머니를 내쫓았다는 말까지 들었다. 99세의 할머니를 모시고 살기 위해서 나의 최선을 다했다. 맛있거나 특이한 음식을 먹으며 제일 먼저 생각나는 사람이 할머니였다. 멋진 장소를 가게 되면 모시고 와야겠다는 생각이 드는 사람 역시 할머니였다. 할머니라는 존재는 누구보다 우선시했고 그런 마음을 담아 행동했다. '그런데…. 도대체 어떻게 그런 말을 거침없이 내뱉을 수가 있지?' 이해할 수 없는 말을 듣고 나니 할머니를 대했던 마음과 노력은 산산조각이 났다. 반항심의 나는 그들에게 묻고 싶었다. 어떠한 마음에서 우러난 행동과 언행을 하였는지. 과연 그러한 말을 할 수 있는 자격이라도 되는지. 거침없이 환장하는 나의 마음은 머리 굴뚝을 향해 용암을 내뿜고 있었다. 아…. 이러다가 죽겠다 싶었다. 무작정 걷기 시작했다. 걸을수록 무거워지는 발이 절뚝거리며 신호를 보냈다. 이젠 좀 괜찮냐고, 이젠 좀 살 것 같냐고. 고

마웠다. 미칠 것 같은 마음은 나의 통증으로 시선이 옮겨갔다. 통증으로 신경이 몰려가니 끓어오르던 용암은 한순간에 현무암이 되었고 숭숭 뚫린 구멍 사이로 살랑 부는 바람에 한결 기분이 가벼워졌다.

'그래, 그렇게 생각할 수도 있겠지. 내 속에 들어와 본 것도 아니고, 가끔 피 말리게 하는 할머니의 상황을 직접 경험해 보지 않았으니 어떻게 알겠어. 내가 만든 상황이고 선택이잖아. 누구 탓을 하겠어. 받아들여야지. 튕겨 나가다가 또 한순간에 죽겠다고 할 수 있잖아. 내가 나를 지켜야지. 누가 뭐라 한들 뭔 상관이야. 내가 나를 믿고 가면 되는 거야. 단순해지자. 그게 바로 내 중심 안으로 들어갈 수 있는 거야. 여러 가지 생각을 쳐내는 연습을 하자. 나는 큰 아름드리나무니까. 단단하게 뿌리 내리는 연습을 계속하다 보면, 누가 뭐라 하는 태풍에도 가지는 부러질지라도 뿌리만은 뽑히지 않을 수 있을 거야. 그리고 잘 자라기 위해서는 가지치기가 필요한 법이잖아? 건강한 나무로 자라 보자. 오케이?'

생각해 보면 내 중심이 내 안에 없었기에 죽을 결심만 하고 살았다. 그리고는 반복했다. 힘들어 죽겠다며 나는 왜 이런 곳에 태어났고 왜 이런 일들을 겪어야 하냐고 안달복달했다. 어려운 선택의 순간은 한 번만 오지 않는다. 휘청일수록 빠르고 강하게 내 앞에 들이닥친다. 끝나지 않는 뫼비우스의 띠처럼 나한테만 일어나는 비극이라 생각했다.
그러나 그것 또한 내가 알아차리지 못해 만들고 있었고, 내가 써 내려
간 시나리오였다.

  그래서 감사했다. 알게 해 줘서
  그래서 미안했다. 악역으로 만들어서
  그래서 내려놓았다. 억울함과 비난을
  결국 더는 없다.

그래서 나는 자유로워지고 있다.
내 중심 안에서

나만의 워크북

◆ 언제나 나를 흔드는 상황이 온다는 걸 인정한다.

◆ 몸과 마음, 정신을 살피는 일상 속 알아차림을 한다.

◆ 언제나 호흡 관찰로 시작하고 감정을 살핀다.

◆ 감정에 대한 이해와 나에게 도움이 되는 긍정법을 연습한다.

◆ 머리가 아닌 마음으로 나를 믿고 나를 사랑한다.

성당에서 미사 중에 가볍게 쥔 주먹으로 기도문을 따라 가슴을 두드리며 "내 탓이요. 내 탓이요. 내 큰 탓이로소이다."라고 외친다. 그 순간엔 넓고 깊은 수용의 마음을 가진 신자로서 한없이 깊은 사랑을 담고 있는 천사의 날갯짓을 하는 내가 된다. 그리고 이내 언제 그랬냐는 듯 기도 전의 나로 돌아가서는 간 때문이 아닌 "너 때문이야 너 때문이야."의 노래를 부르며 세상에서 제일 억울한 나로 복귀한다.

나의 김 기사는 오늘도 얌전하게 핸들링 중이다. 다른 운전 스타일을 가지고 있는 나는 답답한 마음을 내비칠까 말까 두 개의 상황극을 왔다 갔다 하며 목구멍을 컨트롤 중이다. 순간 방심한 틈을 타고 뾰족한 가시가 목구멍을 타고 올라왔고, 이내 김 기사는 리액션을 펼쳤다. "너 때문이라고." 맞받아치라는 상부의 보고를 무시한 채 내면으로 들어가 보니 차분한 질문들이 물 위에 기름처럼 걷어달라는 듯 방울방울 내 앞으로 다가왔다. 왜 저 사람은 항상 '내 탓이오'가 아닌 남 탓을 하는 걸까? 피해의식이 있는 걸까? 꼬리에 꼬리를 무는 질문을 했다. 언제나 보기 싫은 정답이 떠오른다. '저 사람의 문제가 아닌 나의 문세였구나' 거부하고 싶고, 보고 싶지 않은 나의 모습이었다. 문제라고 하면 문제가 되겠지만 아니면 아닌 게 된다. 뭐가 뭔지 알 수 없는 대혼돈 속이지만, 그 속에서 질서를 잡아가면 되는 거

니까 질서 안에 나를 줄 세워가며 정렬했다. 삐죽 나온 행렬 안에 눈
치껏 몸을 이동해 보기도 하고, 반듯한 일자의 줄에선 발레리나의 포
인트 발가락 모양을 만들어 본다. 이래도 좋고 저래도 좋고 유연하게
마음먹으면 되는 거니까.

'흔들리고 있는 내 모습도 타인은 부럽다고 생각할 수 있겠지. 멀
리서 보면 보이지 않을 테니까. 나 또한 그들의 겉모습을 부러워했던
것처럼 말이지. 뒤뚱뒤뚱 흔들리면 좀 어때? 단단한 중심을 만들어
가는 과정이라고 생각하면 되는 거지.'

나를 깨우는
알람 소리에 감사하기

사랑

*

"여보세요."

"현진아. 새벽부터 깨워서 미안해. 그런데 네가 좀 와야 할 것 같아."

"네? 어디를요. 이모 지금 울어요? 왜요? 무슨 일이에요?"

한마디의 말과 함께 참고 기다리는 커다란 울음이 느껴졌다.

"찬이가…. 찬이가 많이 아파."

"네? 갑자기 어디 가요?"

"교통사고가 크게 났는데…. 와서 인사해야 할 것 같아……."

심장이 내리 앉았다. 눈물이 주체 없이 흘렀다. 모자를 눌러쓰고 병원을 향해 달려가고 있는 택시에서는 많은 장면이 생각 영화관에서 상영 중이었다. 이모네 집에서 생활하던 때에 동생을 위한답시고 벌세우고, 체벌했다. 그로 인한 퍼런 멍이 눈앞에서 지워지지 않았다.

'어떡해. 안 돼. 얼마나 다친 거야. 안 돼.'

모든 부정의 생각들로 병원까지 가는 길은 험했고 심장이 얼어 버린 추운 시간이었다.

'아니야. 그래도 괜찮을 거야. 나쁜 생각하지 말자. 생각으로 찬이를 떠나보내면 안 되잖아. 괜찮을 거야. 하느님 제발 요한 보스코에게 힘을 주세요. 착한 아이를 먼저 데려간다고 하지만 아직은 아니잖아요.'

절규하며 애원했고, 협박하며 윽박질렀다. 내가 할 수 있는 모든 감정과 부딪히며 중환자실 앞에 도착했다. 가족들이 앉아 있었고, 모두가 온전치 못한 모습이었다. 지난밤 건널목을 건너다가 차량에 다쳤다는 이야기를 듣고는 주저앉아 울었다. 나보다 더 아플 이모와 이모부에게 들키지 않으려 칼날의 고통을 먹었다. 중환자실에서 마주한 동생은 삶과 죽음의 경계에서 사력을 다해 싸움 중이었다. 동생뿐만 아니라 다른 침대의 환자들도 각자의 경계에서 힘든 시간을 보내고 있었다. 잠시의 시간 동안 그들과 관련된 가족들은 처절한 소리를 내며 듣고 싶지 않은 울음 노래를 불러댔다.

"아주머니. 울지 마세요. 환자가 듣고 있어요. 우는 소리를 들으면 환자는 어떻게 생각할까요!"

뇌사상태로 장기기증을 준비해야 할 것 같다는 의사의 소견을 들은 이모는 믿지 않았다. 몸이 약한 이모지만 아들의 엄마는 강했다. 이모의 한마디에 중환자실 안에 가득했던 울음 노래는 페이드아웃 됐다. 이모의 한마디에 정신을 차리고 나의 일을 했다.

"찬아! 미안해. 누나가 너 때린 기억만 난다. 용서해 주겠니? 그렇다면 신호 좀 보내 봐."

단호한 말과 함께 손을 꼭 잡고 '네가 있어야 할 곳은 여기'라고 신호를 보냈다. 그리고는 미세한 신호를 받았다. 미세하게 움직이는 손가락의 신호. 하나로 뭉친 가족과 찬이와 연결된 모든 사람은 평생 할 기도를 벼락치기 공부를 하듯 몰아쳤다. 중환자실 밖에서. 각자의 삶터에서. 곳곳의 성당에서.

나의 삶에서 허우적거리느라 동생의 삶은 별개였다. 동생을 만나기 위해 찾아온 지인들은 나이대가 다양했다. 그들의 이야기로 동생의 시간을 엿볼 수 있었다. 봉사활동을 많이 했다는 사실과 내가 동생의 롤모델이라는 이야기. 마음이 녹아내렸다. 내가 뭐라고 나처럼 살겠다는 것인지. 매 순간 어떻게 죽을까 생각했던 마음이 생사를 넘나들고 있는 동생의 상황과 오버랩 됐다. 참고 참았던 눈물과 함께 절규했다. 내가 만들어 낸 안 좋은 생각을 동생이 대신하고 있는 걸까 봐 두려웠다. 마음의 죄를 덜기 위해 기도를 멈추지 않았다. 내가 가진 간절함을 모두 끌어왔다. 하늘도 외면하지 않았다. 모두의 기도로 인해 기적이 일어났다는 의사의 말로 가족 모두는 희망의 기도를 감사의 기도로 바꿨다. 그 이후에도 위험의 순간이 도사리고 있었지만, 그럴수록 희망과 감사의 끈을 더 단단히 잡았다. 의사가 말했던 것과 반대로 동생의 회복은 새로운 기록으로 갈아치웠다. 그리고 해맑은 미소의 동생을 따라 나도 웃게 됐다. 숨을 쉬는 것만으로도 감사한 일인데 왜 그동안 불만 덩어리와 함께 힘들었을까? 뭐가 그리 복잡했을까? 가족의 사랑을 못 받았다는 생각으로 불우한 환경을 만들었기에 스스로 지옥 속에서 살았다. 그렇지만 가족은 언제나 나를 사랑했고 여전히 사랑 중이다.

행복해지고 싶다면 단순해야 한다.

나와 관계되어 있는 모든 것에 감사해야 한다.

감정이 삶을 지배하지 않도록 지금 이곳에서의 나로 살아가면 된다.

아무것도 일어나지 않는 잔잔한 일상이

세상 최고의 기적이다.

지금을 맞이할 수 있음에 감사해. 그리고 모두를 사랑해.

나만의 워크북

- ◆ 하루를 시작할 수 있다는 것이 세상에서 가장 행복한 순간임을 인지한다.
- ◆ 나를 움직이게 하는 몸을 사랑한다.
- ◆ 힘든 상황에도 꺾이지 않는 마음을 보듬는다.
- ◆ 과정에 무너지지 않고 이유를 찾으려는 의지에 감사한다.
- ◆ 단순하고도 강렬한 마법의 한마디는 감사와 사랑 내뱉기다.

지금 내 마음이 평온치 않다면 언제 평온할 수 있을까? 죽을 때까지 걱정만 하거나 남과 비교하다가 불행해하며 좌절하는 삶을 살지 않을까? 난 유독 숫자가 싫었다. 지금도 좋아하지 않는다. 이과의 머리를 타고났을 것도 같은데 숫자가 싫다. 뭐 이과생이 숫자를 좋아한다고 생각하는 것부터 관념에 사로잡힌 것일 수도 있겠지만 세상의 모든 숫자가 너무너무 싫었다. 그러나 하루 24시간의 루틴을 이행하며 시간을 쪼개는 나를 보면서 웃었다. '나 숫자 싫어하는 거 아니고 상당히, 잘, 엄청, 기막히게 사용하고 있었네' 그러고 보니 숫자가 싫은 게 아니고 나이 먹는 게 싫었다. 호기심 천국인 나는 새로운 것들을 시작하면서 '나이가 많아서 힘들지 않을까? 또 일을 벌이는 건가?'라는 생각으로 나이에 초점을 맞추고 할까 말까를 고민했다. 시작하면서도 매 순간 나를 붙잡았다. 지금이 제일 젊고 좋은 날인데 말이다. 과거의 실패와 미래의 불안감으로 지금을 바라보지 못할 때가 많았다. 나의 삶은 지금! 여기서 살고 있는데 말이다.

남에게 맞춘 시선을 나에게 맞추어 나간다면 괴롭고 슬픈 일도 하나의 과정으로 바라볼 수 있게 되고, 지금에 감사하며 즐겁게 살아갈 수 있다. 충실한 삶을 살 수 있고 나의 힘을 믿고 사랑하며 살아갈 수 있다. 선물 같은 현재의 나는 그렇게 살고 있고, 죽을 때까지 재미있는 삶을 살 것이다.

내 안의 '나'와 두 번째 만남

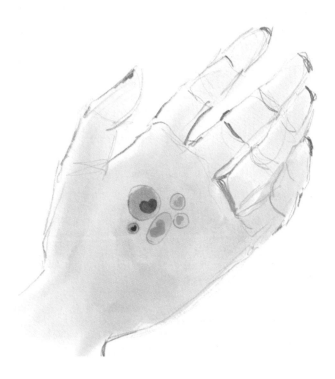

마음 컨디셔닝

치유의 알약

눈가를 따라 눈물이 방울방울 떨어졌다. 그동안 내가 너무 싫었는지 어느 곳 하나 온전하지 않았다. 왜 이렇게 여기저기 아프다고 아우성 중일까? 생각해 보니 '죽고 싶은 마음으로 열심히 살았다'라는 말도 안 되는 결론이 나온다. 머리로는 살고 싶지 않다며 태운 고기를 일부러 먹었다. 영양제는 무슨 럭셔리 공화국에서나 먹는 거냐며 풍선 인형의 손보다 더 빠르게 휘젓고 다녔다. 하지만 너무나 잘살고 싶은 마음으로 두 주먹을 꼭 쥐며 지금 이곳까지 살아왔다. 언젠가는 알아주겠지 하는 몸과 마음에 수술 자국과 함께. 호흡 수련을 시작으로 나를 바라보는 즐거움이 생겼고 하나의 숨결에도 감사함이 담겼다. 그러고는 매 순간 나에게 전한다.

'미안해. 그동안 나와 함께 사느라 너무 힘들었지? 그런데도 넌 나를 위해 멋지게 성장하고 늘씬하게 관리하며 살아왔구나. 그 과정이 얼마나 힘들었을까? 이젠 내가 알게 되었으니 너의 신호에도 즉각 움직이며 너를 챙기도록 할게.'

눈을 감고

몸과 마음을 스캔해 봐야지.

응? 이젠 울음도 멈췄네!

제
3
장

나를 채우다

변화와 탄생의 아홉 가지 에너지

"모든 것은 내가 만들고 선택한 것이다.

지나간 것에 연연해하지 말고

지금에 감사의 에너지를 담는다.

온전한 나로서 삶을 받아들이면 모든 것이 평온해진다."

지금, 내 곁에 있는
행복 느끼기

만족

✳

"내 옆방 할머니는 항상 불만족스러운 삶을 살아왔는데. 뭐도 어떻고, 저렇고⋯⋯."

백 살의 할머니는 쩌렁쩌렁한 목소리와 상기된 모습으로 그동안 지낸 이야기를 하셨다. 너희들도 늙으면 갈 곳이니 간접 경험이라도 해보라는 듯 기억나는 장면을 반짝이는 눈을 마주치며 들려주셨다. 작년 가을부터 할머니는 점점 심해지는 섬망 현상에 꿈속의 사람을 찾아 새벽녘 문밖으로 나가셨고 그런 할머니가 불안했다. 이름표를 달지 않은 할머니를 잃어버릴까 봐. 할머니 또한 손주 부부가 편히 살았으면 하는 마음에 요양원행을 원했다. 여기저기 할머니의 요양원 입소 서류를 신청해 놓았지만, 원하는 곳에 자리가 나오는 것도 쉽지 않았다. 운 좋게도 할머니와 우리가 원했던 곳에서의 연락으로 입소했다. 수녀님들이 돌봐 주시는 곳이라 마음에 들었다. 어린아이의 나이로 역행하고 있는 할머니는 또 다른 과정을 걸어가는 중이다. 약방의 감초처럼 언제 어디서나 나오는 관계 이야기. 집안에만 계셨으니 이웃집 할머니가 화딱지 나게 해도 안 보면 그만이었지만 이곳에서는 관계로 인한 서열 다툼 등이 진행 중이었다. 휴지를 훔쳐 가는 옆방 할머니의 이야기를 반복해서 들었다. 그래서인지 할머니의 옷 주머니마다 휴지가 가득했다. 눈앞의 휴지를 챙겨 넣는 모습을 보면서 생존에 대한 강한 본능이 느껴졌다. 휴지 도둑 할머니 이야기를 여러 번 듣다가 매사가 불만족스러운 할머니의 등장으로 지친 귓구멍을 활짝 열고 환영했다.

"뭐가 그렇게 불만족스러우시대요?"
"몰라. 하나도 만족스러운 게 없대."
"그 할머니는 참으로 불행한 삶을 살아오신 거 같네요. 만족감이 없다는 건 불행한 삶이 아닌가 싶어요. 행복이란 지금 여기에 있는 저로서의 만족인 것 같거든요."
"아⋯. 그래⋯. 그렇구나. 그렇네. 네 말이 맞네. 네 말이 맞아."

무심코 내뱉었던 말에 몇 번을 반복하며 맞장구를 쳐 주는 할머니가 웬일인가 싶었다. 지혜로운 할머니가 인정해 줘 뿌듯했다. 매몰차게 네까짓 게 뭘 알겠냐는 말만 들었던 나였기에 어리둥절하기도 했다. 어쩌면 그동안 무심코 나의 의견에 동조해 주셨을지도 모를 할머니와의 지난 시간을 한 번 더 생각했다.

'과연 행복한 게 뭘까? 돈이 많으면? 누구나가 부러워하는 성공을 하면? 많이 가지고 있어도 누리지 못하면 불행한 게 아닌가? 그렇다면 많지 않아도 누리고 있으면 행복한 게 아닌가?'

행복한 사람은 티가 난다. 아무리 행복한 척을 하려 해도 티가 난다.
웃는 척이 아닌 환한 미소를 지을 수 있는 사람.
지금에 만족하는 그런 사람.
남을 탓할 이유는 없다.
모든 것은 내가 만드는 것이고, 내가 만든 것이 끌어당기고 밀어내고 있는 것이니까!

그래서 나는 지금에 감사하며, 만족하며
지금을 누린다.

호호 할머니가 되기 위한 조건

몸과 마음의 중심 잡기

균형

✳

"할머니! 그만 좀 하세요. 저도 알고 있다고요!"

"뭐이 어드레? 네가 하는 게 못마땅하니까 이렇게 말하지. 나는 뭐 잔소리하고 싶어서 하네?"

   오늘따라 역정을 심하게 내는 할머니의 모습을 보면서 방어 자세를 취하다가 잠시 멈췄다. '아…. 할머니 컨디션 안 좋은 날이구나. 그저 입 다물고 들어보자. 듣기 힘들면 그냥 떠밀려 들어온 말을 반대편의 귀로 바로 통과시켜보자' 나름의 전략과 전술을 세워 가며 '오늘도 무사히'에 나오는 어린아이처럼 기도 손을 하고선 무사통과하기 위한 노력을 했다. 강한 의지를 담아서.

'응? 이렇게? 통했다고? 정말? 와. 통했네?! 통했어.'

언제나 할머니가 나를 힘들게 만들었다고 생각했는데 그 모든 것이 나로부터 시작된 것을 알게 된 날이었다. 할머니의 컨디션이 아닌 나의 컨디션이 좋지 않았기에 받아들일 수 없었고, 받아들이고 싶은 조금의 여유도 없었다. "하나의 생각이 세상을 바꾼다."라고 한다. 내게 반복되는 삶의 패턴의 끝자락을 잘라 냈을 뿐인데 상황이 고요해졌다. 기반은 여유 있는 나의 상태였다. 몸과 마음은 친한 친구 사이라기보다는 서로에게 필요한 존재 아니 쌍둥이 같다. 어느 하나가 피곤하거나 아프면 여지없이 다른 한쪽도 영향을 받는다. 아이들을 양육하는 지인들을 보면서 간접 경험, 배움을 하는 중이다. 그러한 가운데 엉뚱하게도 나의 몸과 마음을 대입했다. 호흡 수련으로 많은 변화를 맞이했고, 느끼며 자각하는 과정으로 내가 달라졌다. 변화란 편한 나의 공간에서 낯선 공간으로 발을 내딛는 것이다. 가고 싶지 않은 의심스러운 단어다. 그렇지만 변화 없이는 성장이 없다는 것을 알기에 매번 에라 모르겠다는 심정으로 나를 내던졌다. 답답함에 짜증이 났고, 서운함에 발악하며 애를 썼다. 그럴수록 몸과 마음은 너덜너덜해진 상태로 어설프게 붙어 있었고, 걸어 다니는 종합병원이 되었다. 몸이 아프면 마음을 돌볼 여유가 없고 마음이 아프면 몸의 상태를 볼 수가 없다. '쌍둥이 중 한 명이 아프면 다른 한 명도 아프다던데 몸과 마음은 쌍둥

마음 컨디셔닝

이인가?' 하는 엉뚱한 생각이 휘리릭 지나갔다. 마음만 들여다보지 말고 나도 들여다봐 달라고 몸이 신호를 보내는 것처럼 둘 다 균형을 맞춰 살펴야 한다. 생각지 못한 곳에서 한쪽으로 쏠려 있다는 것을 알려 줄 테니까. 통증이나 병증으로. 아프지 않기 위해서 뼈에 새긴다.

'나의 중심 안에서 생각하고, 나의 중심으로 말하고, 나의 중심에 의해서 행동하는 지금을 살아야 한다.'

그렇게 균형을 맞춰 살아가도 때때로 올라오는 통증이 있다. '왜 나또 아픈 거지? 관찰과 관심으로 돌보고 있는데?' 의문이 들었다. '나또 뭘 못했나?' 이내 나를 향해 질타한다. 그러다가 멈춘다.

'네가 살아온 세월이 있잖아. 그것들의 여운이라고 생각해. 그것들이 이제야 들어주거나 알아줄 것으로 생각하고 이야기해 주는 거잖아.'

미안함이 올라왔다. 그동안 모른 척해서 미안하다고 용서도 구하면서. 통증이 하는 이야기를 들으며 빨리 사라지길 바라는 마음보다는 내가 해야 할 지금의 균형을 찾는다.

다시 몸이 신호를 보낸다.

스트레칭할 시간이라고.

지독한 관계 속에서 반응하지 않고
잠시 멈춤의 관찰자가 되어 보기
언제나 명쾌한 해답은 알아차림에서 온다.

경청

✳

"엄마! 제발 아빠가 말하고 있을 때는 경청이라는 걸 해 보세요!"

"엄마가 아파서 입원했을 때 아빠가 엄마한테 마음 쓰며 돌봤던 기억으로라도 고마워해야 하는 것 아니에요?"

"왜 그렇게 아빠한테 함부로 하세요?"

"아빠! 엄마가 안쓰럽지 않아요? 죽었다 살아났는데 그때의 절실했던 마음을 담고 따뜻하게 바라봐 주면 안 돼요? 두 분은 왜 그렇게 말 한마디도 얼음 칼 같을까요?"

"엄마, 아빠가 싸우면 저 김 서방 보기가 민망해요. 아빠가 엄마한테 막말하면 김 서방도 저에게 막말할 수 있다고 생각해 보세요."

"이렇게 자꾸 싸우면 저 오지 않을 거예요. 얼마의 시간이 남아 있는지도 알 수 없는데 찰나의 시간도 감사로 담고 싶어요."

언제나 솔로몬 흉내를 냈다. 새파랗게 어린 것이 부모님과 할머니를 상대로 맘껏 지껄였다. 뭐가 그리 잘났고, 만만한지 대놓고 까대느라 주제 파악을 못했다. 소득이 없는 괜한 짓을 판결하느라 힘들었다. 내가 보살인 줄 알았는데 그들이 보살이었다. 물론 판결에 대해 부당함을 호소하거나 반박의 말로 얻은 피해는 내가 제일 컸다. 뭐 자초한 일이었으니 누굴 탓하나. 여느 날처럼 부모님을 모시고 식사하러 가는 시간. '아차' 하는 내면의 목소리가 들려왔다.

'그래서, 너는 어땠고? 지금 네가 하는 말에 대해 한 점의 부끄러움이나 양심에 가책은 들지 않는 거지?'

정말 '헉' 하는 순간이었다. 내가 타인을 향해 내뱉었던 모든 말은 나에게 하는 말이었다. 그걸 역으로 가르치려 했던 것에 웃음이 터져 나왔다. 아이고 두야.

나와 관계를 맺고 있는 사람들과의 갈등과 해결해야 할 모든 것은 나를 위한 과정이다. 점점 더 나은 내가 되기 위한 성장의 과정. 또 무언가를 골똘히 생각하고 혼잣말로 중얼거리고 있었다. 그러한 나에게 신랑이 하나의 문장을 선물처럼 던져줬다.

　"선생님 병에 걸리지 않도록 주의해야 해."
　"응? 선생님 병? 갑자기? 근데 그게 뭐야?"
　"말로 남들을 가르치려 들지 말라고."

　언제나 나와 부모님들 사이에서 함께 관찰자로 공부 중인 신랑의 뼈 때리는 말이었다. 스승 같기도 하고, 아빠 같기도 하고, 아들 같기도 한 신랑의 선물에 눈썹과 눈꼬리를 땅으로 내리고 양쪽 입꼬리는 하늘로 올리며 말했다.

　"스승님! 감사합니다. 명심하고 또, 뼈에 새기겠습니다."

옳고 그르다는 판단

그것 또한 옳지 못한 나의 모습을 보는 것이다.

가만히 듣고 있으면 떠오르는 옳은 답

좋고 나쁜 것
구별하지 말고 즐기기

과정

✳

"저는 왜 허튼짓을 많이 할까요?"

"응? 어떤 거요?"

"뒤에 힘들어지는 생각을 하지 않고 그냥 일단 지르고 보자는 걸 많이 해요."

"킥킥킥. 나도 그래요. 바람 따라 구름 따라 흘러가는 자유로운 영혼이라고 나름의 변명의 틀을 짜놓고 벌여놓은 일에 수습과 더불어 타당성을 찾느라 바빴거든요."

"아 지니 님도요? 그렇게 일이 터지면 힘들지 않았어요?"

"웬걸요. 수습하느라 스트레스와 함께 살았고, 자신을 탓하면서 끊임없이 비하했죠."

"근데 어떻게 긍정으로 끌어올렸어요?"

"우선 인정하기로 했어요. 많이 힘들었던 지난 시간이 지금에 와보니 단단한 경험 부자가 되었더라고요. 허튼짓도 앞으로 나아가기 위한 과정이었다는걸 알게 되는 순간이었죠. 더 소름이었던 것은 '그 과정이 있었기에 지금의 내가 되었구나'였어요. 그렇게 한동안 멍하니 있다 보니 멍청이가 아닌 '그래야만 했어. 그렇구나. 그럴 수도 있구나'의 과정으로 나아갈 수가 있더라고요. 사는 게 참 단순해지더라고요."

"그런데요. 허튼짓을 안 하고 그냥 살면 더 행복한 거 아니에요?"

"음…. 내가 허튼짓을 안 해도 나와 관계된 사람이 허튼짓을 하더라구요. 하하하."

"우악! 하하하 하하하 맞네요. 맞아요."

"내가 허튼짓 하면 그래도 내가 한 거니까 '에잇' 하는 생각이 들지만요. 가족이 그랬다면요? 모른 척 할 수 있어요? 그게 더 힘들어지더라고요. 그래서 그럴 바엔 차라리 내가 하자는 생각으로 해요. 하하하."

"우하하하 맞아요. 그러면 남이 해도 내가 한 게 더 크게 느껴지니까 덜해 보이고, 정말 명쾌한데요?!"

카페로 향하는 길에 도란도란 나누었던 이야기로 실패 대마왕의 내가 두둥실 떠올랐다. 엄밀히 말하자면 실패가 아닌 많은 경험치를 가진 경험 부자의 나였다. 경험은 실패를 통해서 선물처럼 온다. 과연 실패라는 단어가 나쁜 것인 걸까? 실패라는 것이 과연 있긴 한 걸까? 실패는 성공의 어머니라는 말을 생각해 보니 실패가 아닌 과정이라는 단어가 적절하다고 생각했다. 과정은 성공의 어머니. 어감상 듣기도 좋고 느낌도 긍정 같으니 기분도 좋아졌다. 나는 언제나 과정을 즐긴다. 과정에 들어 있는 힘듦의 순간에도 새싹처럼 올라오는 뿌듯한 결과가 있다. 또한, 뜻밖의 선물 '이래서였구나'의 안도의 한숨도 얻을 수 있다. 오늘도 한바탕 일을 벌이고 수습의 과정을 통해 성장통을 신나게 즐기러 간다.

단순하게! 명료하게!

+ +

좋고 나쁜 것은 없다.
모든 것은 내가 만들어 내는 것이니까
여하튼 모든 것에 감사해.

편견과 관념의 틀 깨기

자유

*

"현진이 때문에 우리 엄마가 내쫓겼어. 엄마는 늘 무시당했는데 이제부터는 현진이 눈치 보지 않고 요양원에서 지내실 수 있어서 너무 다행이야."

12월이 시작되는 추운 날. 뇌가 얼 정도 추위가 마음을 감싸안았다. 극한의 상황에 들어가면 말도 사라진다. 아니? 말을 잃어버린다. '내가 무엇을 그리 잘못한 거지? 그들은 엄마를 공경했나? 자주 찾아뵈었나? 따뜻한 보살핌을 하였나?' 많은 불평불만이 나의 편에 서서 변호하기 시작했다. 타당성을 끌어내기 위한 질문이 나를 더 힘들게 했다.

결혼하기 전 할머니와 함께 보냈던 시간과 결혼 후 신랑과 함께 할머니를 챙기며 아무도 바라지 않았던 책임감을 스스로 짓고 살았다. 세상 착한 사람이라는 인정을 바랐지만, 가족으로부터 날아온 비난의 화살은 아픔조차 느껴지지 않았다. 멍하고 띵한 상태로 숨만 쉬고 있는 나를 발견했다. 이러다 또 한없이 파고 들어갈 땅굴을 피해 무작정 걷기 시작했다. 생각의 고리를 끊어 내고 상황에 대한 현명한 판단을 위해서 돌아보고를 반복했다. 쉽게 나올 답은 아니었다. 그 누구도 아닌 가족과의 이야기였고 그동안 받지 못한 인정에 대한 배신은 극에 달했다. 각자 자신에 관한 이야기는 감추고 나를 향해 비난하기 바빴던 모든 가족의 이야기가 두둥실 떠올랐다. 해도 욕먹는 사람이 나였고, 안 하면 스스로 힘이 들었던 나였다. 누구에게도 말할 수 없는 치부였고 누구에게도 들키고 싶지 않은 가족 이야기였다.

두 시간이었다. 답을 얻기 위한 시간은.

'그렇게 생각하면 할 수 없지 뭐. 나의 마음과 다른 마음이었나 봐. 나에게 떳떳하잖아. 죽어도 여한이 없다는 게 이거 아니야? 그렇게 최선을 다했잖아. 뭐 공손하지 않은 행동이 없지 않아 있었네. 진심이었으면 된 거고. 알아주지 않아도 괜찮아. 내 마음도 알아주지 않는데 누군들 알 수 있을까? 이 모든 상황도 큰 그릇을 만들기 위해 깨져야 하는 나의 그릇이었나 보네. 하이고 얼마나 큰 그릇을 빚어야 하는 거냐. 어이구. 덕분에 옹졸한 그릇을 깰 수 있게 되었네. 감사하구먼.'

진심으로 받아들였다. 받아들이기까지 많은 시간과 관계를 이어왔다. 천만다행이었다. 내가 받아들이지 않으면 다시 또 올 상황이다. 알아차리지 못하면 알아차리라고 더더더 힘든 상황으로 다가온다. 그렇게 그냥 힘들었던 모든 것이 실타래 풀리듯 술술 풀렸다. 오죽하면 가족들의 입을 통해 그동안의 나의 최선을 아무것도 아닌 것에 더해 할머니를 쫓아낸 것까지 왔나 싶었다. 얼른! 냉큼! 그릇을 깨고 선물을 받았다. 자유로움이라는 최고의 선물. 틀을 깨고 나면 내가 편해진다. 모든 사람의 틀을 설정하고 그 설정대로 이루어지지 않으면 힘들어지는 과정들. 나는 가족들에게서 틀 깨기를 하고 있고, 모든 존재를 향해 연습 중이다.

알 깨기를 하고 나오니
틀 깨기가 기다리고 있었네.
뭐든 깨부수자. 편견, 아집, 고집의 틀

각자의 자유의지를 인정하기

존중

✳

"저는 작가님의 재능을 성당에서의 봉사로 사용되었으면 좋겠어요."

"나는 언니가 절에서 천일기도를 드리면 좋겠어요."

"새언니는 다 좋은데 기독교를 믿지 않는 게 아쉽네."

처음 마음공부라는 것을 알게 되면서 올라왔던 거부감이 바로 종교였다. 딱히 마음공부라는 것이 종교 안에서 이루어지는 것이 아님에도 불구하고 나의 편견은 불교 교리 같은 느낌이었다. 에고, 카르마, 전생과 환생, 업장 소멸 등 생소한 단어가 주는 아리송한 기분은 태어나보니 4대째 가톨릭 집안의 신자로서는 받아들이기 어려웠다. 한 발짝, 두 발짝 뒷걸음질 치며 스톱 모양의 손바닥을 바짝 세우고 거부감을 표현했다. 한도 끝도 없는 편견의 틀은 깨고 깨도 새로 등장한다. 환경이 만들어 준 틀뿐만 아니라 관계의 틀, 상황의 틀 뭐든 만들기 나름이었고 뭐든 틀 속의 시선으로 바라보기 일쑤였다. 이번엔 종교의 틀이다.

"너는 왜 마리아 교를 믿어?"
"뭐라고? 알고서 말하는 거야? 너야말로 어떻게 예수님의 어머니를 마귀로 가르쳐 주는 교리를 따를 수 있어? 네가 다니는 곳이야말로 사이비종교 아니야?"

고1 때 나름의 종교전쟁을 치렀던 기억이 떠올랐다.

사업을 하셨던 엄마는 뭔가 큰 결정의 순간에 하느님께 드리는 기도 대신 용하다는 점집에서 답을 구했다. 하느님을 믿는 사람이 미래에 대한 궁금증을 기도 말고 다른 곳에서 찾는다는 것부터 죄가 됐다. 왜? 믿는 것이 아니고 호기심에 대한 나의 선택 자체가 죄가 된다는 거라고? 그렇다면 종교는 왜 생긴 거지? 자기 확신의 부족함에서 생기는 불안감과 두려움을 떨쳐내고자 맹목적으로 믿고 따라야 하는 것인가?

몇 년 전만 해도 무조건 성당에 가야 하는 사람이었다. 미사참례를 하지 않는 것이 고해성사 첫 번째 구절로 읊어대는 죄 목록이었다.

'종교단체에 봉사하는 사람이면 누구나 천당에 가는 건가?'

'가족에게 충실하지 못한 채 단체에서 봉사하는 것이, 과연 신이 바라는 일인 걸까?'

'자기 자신을 알고자 하지 않고 무조건 믿으면 되는 거라고? 그것이 하느님이 원하시는 거라고?'

'이것저것 해달라는 욕심 많은 기도를 하는 게 맞는 거야?'

'호기심에 타로도 배우고 이거다 싶은 명리학을 공부하는 중인데 그것 또한 미신 같은 것이니 하지 말아야 하는 거라고?'

나만의 종교전쟁을 치르면서 느꼈던 건 내가 믿는 것을 남에게 강요하거나 고집할 이유는 없다는 것이다. 신이 인간에게 준 가장 소중한 선물이 선택할 수 있는 자유의지를 가지게 한 것이니까. 자유의지에서 선택한 명리학 공부 중에 얻은 선물은 자연의 흐름 속에서 자연 일부로 살아가기다.

계절이 바뀌는 시간의 흐름 안에서
봄의 새싹처럼 호기심 어린 눈으로 순수함을 잊지 않고
여름의 뜨거운 태양처럼 나의 것들에 열정과 명랑함을 펼치고
가을의 열매처럼 결실을 보며 과정에 최선을 다하고
겨울의 응축을 통해 내려놓고 비워 내는 것을 반복하다 보면
사랑과 감사의 삶이 자연으로 향하게 될 것이다.
단순한 자연의 흐름처럼, 순리대로 살아가는 삶을 사는 것이 신이
바라는 모습이 아닐까?

너의 것을 존중할게. 나의 것도 존중해 줘.
그리고 어디서건 우린 연결되어 있어.
모든 것은 하나니까.

서로의 선택을 수용하기

소통

✳

"윙 윙윙."

뭔가 묵직하고 커다란 물체가 윙윙거리며 위엄을 뽐내고 날아다녔다. 헉 말벌이다. 한 대 물리면 아니 잘못 건드리면 죽을 것 같은 게 '걸리기만 해 봐' 하며 여기저기 독침 쏠 대상을 향해 날아다니고 있었다. 날이 좋아 활짝 열린 창문 사이로 하나의 단어를 연달아 내뱉으며 이동하고 있었다. 어떻게든 다시 빠져나가려 했다. 들어온 위치를 찾으려는지 창문에 부딪히고 안달 내는 말벌의 이동을 보며 원치 않은 공간으로 합류한 기분이 느껴졌다. 운동을 마치고 집으로 돌아오는 버스 안에서 햇빛 샤워와 음악 안마의 행복함을 만끽하고 있었다. 그러나 한순간 작지만 강력한 존재의 등장으로 두려움에 떨었다. 말벌도 나도 편하지 않게 된 한 공간 속 머무름의 순간에 선물이 등장했다.

"나는 해물 순두부 먹을래. 자기는 뭐 먹을 거야?"
"나는 라면 순두부!"

신랑의 면사랑은 유별났고, 라면 싫어하는 사람이 거의 없다지만 건강을 생각하면 좋겠는데 또 면이라니 한숨이 나왔다.

"응? 어제 집에서 라면 먹었잖아."

나의 미간을 티 안 내게 좁히며 말했다.

"여기는 집이 아니잖아. 외식이니까."

눈치를 살피는 신랑은 내 눈을 피하며 당당한 구실을 만들었다.

"일주일에 한 번 먹겠다고 약속한 거고 이미 먹었잖아. 왜 자기는 약속을 안 지켜? 나를 위해서가 아닌 자기 건강 때문이잖아."

쓰윽 내 눈치를 살피는 신랑에게 한마디를 내뱉었다.

"내가 먹고 싶은 것도 맘대로 못 먹어?"

짜증 섞인 목소리에 쳐다보는 대신 내 마음속으로 들어왔다.

'그렇지 뭐 인간으로 태어났으니 매 순간의 선택 속에서 즐거움과
아쉬움의 시소를 왔다 갔다 하는 거지. 그런데 약속한 건 지켜야 하잖
아. 왜 매번 약속을 안 지켜? 그럴 바엔 약속은 왜 해?'

그나마 다행이었다. 입 밖으로 내뱉지 않고 속으로 먹는 선택을 했다.

"여보야. 굴밥 좀 줄까?"

마음속 정리가 되어서 따스한 한마디를 신랑에게 건넸다.

"됐어! 안 먹어!"

강력한 단절의 선을 그어대며 내뱉은 말은 강한 화 에너지로 바뀌어
나의 억장에 떡하니 자리 잡고 앉았다.

'참 나 원 내가 뭔 말을 했다고 저리 화를 내는 거야? 내 건강 때문에 그러는 것도 아니고 자식이 없는 우리로서는 서로 각자 챙겨야 하는 건데. 버럭 대마왕은 내가 아니라 너면서 나한테 그러는 거냐고! 웃겨 정말!'

한번은 넘어갔는데 두 번은 넘어가지 못했다. 밥이고 나발이고 당장이라도 뛰쳐나가고 싶었다. 맘 편히 먹는 밥이 아니면 백퍼 체하는 예민한 장기를 가지고 있는데 왜 저리 불편하게 만드는 거냐고! 짜증 난 마음을 똥 씹은 얼굴로 표현했다. 밥 한 톨을 세면서 먹고 있는 나와는 반대로 우걱우걱 먹고 있는 신랑이 더더더더 미웠다. 그래도 일을 크게 벌리기 싫었던 나의 최선은 신랑의 식사가 끝날 때까지 함께 앉아 있는 것이다. 그리고 아까 받은 화 에너지를 영문도 모르는 자동차 문에 전달해 줬다. 그렇게 며칠을 단절할 거란 의미로 방문을 걸어 잠갔다. 이른 아침 신랑의 밥을 챙기지 않아서 좋다며 투명 인간 세상에 들어와 있었는데……

윙윙 소리로 인해 정신머리에 벌침을 쏘인 양 굳어 가는 마음 근육이 활성화됐다. 모든 삶에서의 선택은 오롯이 나에 의한 것이고 결과에 대한 책임도 져야 하는 것이다. 그걸 알면서! 통제받는 것을 누구보다도 싫어하면서 내가 통제하려고 했다. 또 선생님 병. 솔로몬이 되려고 말이다.

'……'

결국 저마다의 공간을 인정해 줘야 편하다.

저마다의 공간이란 존재에 대한 이해니까.

존재의 선택을 존중하고 깊게 배려하고 사랑해야지.

잘못된다는 것은 없으니까.

그렇게 해 봐야 알게 되는 것만이 있을 테니까.

내가 싫어하는 건 너도 싫어하는 것이겠지?

네가 원하는 게 뭐야?

내가 원하는 건 그저 따스한 응원이야.

지금이 힘들다고
불행해하지 말기

반전

＊

"어머나!"

유난의 세 글자가 툭 하며 신난다고 튀쳐나왔다.

"왜 왜?"

신남의 소리였는데 일이 생긴 줄 알고 쫓아온 신랑이 다급하게 물
었다.

"이 아이들이 살아 있어."

갱년기의 아줌마는 위아래로 방방 뛰는 아이가 되어 신나게 말했다.

"뭐가?"

다급함에서 안심의 순간으로 한풀 꺾인 신랑이 물었다.

"아니~. 가지만 앙상하게 남아 있어서 할머니의 관리가 없으니 죽어 가는 애들만 불쌍하다고 생각했거든."

반성의 마음이 담긴 나였다.

"오오. 근데? 싹이 나왔어?"

이번엔 신랑이 바통을 받아들고 호들갑을 떨어댔다.

"응 이것 봐봐."

세상에 처음 마주한 새싹을 본 것처럼 기다란 몸을 위아래로 펄쩍거리며 죽었을 거라는 생각에서 해방된 표현을 온몸으로 보여 줬다.
작년 겨울은 유난히 추웠다. 할머니가 요양원으로 들어간 후 처음

맞이한 겨울은 그동안 할머니의 바지런함을 여러 곳에서 느낄 수 있었다. 베란다에 자리를 틀고 있는 터줏대감 화초와 신혼 때 과일을 먹고 나서 나온 씨앗을 무작위로 심었던 화분에서 저마다의 존재감을 드러냈다. 바쁘다는 핑계로 오랜만에 마주한 화초는 수도 생활을 하는 양 빠짝빠짝 말라 있었다. 뽁뽁이를 이불 삼아 칭칭 감고 할머니의 방식대로 겨울나기를 준비했다. 혹시 모를 생존을 위해서. 그랬던 아이들의 가지에서 연둣빛의 에너지가 삐죽삐죽 올라오고 있었다. 죽었다고 생각했던 포기의 순간에 네 생각이 틀렸다는 희망의 메시지 같았다.

"오늘 자랑하고 왔어."
"네? 어디서요? 누구 만나셨는데요?"

나 또한 엄마의 분위기를 맞추며 목소리를 하이톤으로 올렸다.

"친구 만나서 할머니께 전해드릴 옷도 사고, 밥도 먹고, 차도 마시고 왔는데 입고 있는 코트가 이쁘다고 하더라고 아들이 사 줬다고 자랑 좀 했지."

역시나 부모님들은 자식 자랑할 때가 행복한 순간인가 보다.

마음 컨디셔닝

"엄마 그렇게 좋았어요?"

아이 같은 엄마를 엄마의 심정으로 바라보며 말했다.

"응! 신나서 가방, 신발 다 사 줬다고 했지! 자기 자식은 꺼이꺼이 키
워 났더니 해 준 게 없다고 하더라."

엄마의 어깨 뽕은 당분간 내려올 생각은 없을 듯 보였다.

"하하하."

잘 먹이고, 잘 재우고, 잘 입히고를 했던 친구 자식보다 평범하지 않
은 삶을 살아왔던 오빠와 내가 누가 봐도 부모님을 잘 챙기는 자식새
끼들이었다. 시작과 끝을 알 수 없는 삶인 것처럼 지금 잘 산다고 나
중까지 잘산다는 보장은 없다. 그렇다고 못산다고 하는 건 아니다. 반
대로 지금 못산다고 인생이 끝나는 것은 더더욱 안 될 일이다. 우리에
겐 인생 역전. 반전의 순간이 기다리고 있고, 내 맘대로 되지 않은 삶
이 존재하고 있기 때문이다. 어느 것이 중요한지 무엇을 지켜야 하는
지 명확하게 알고 내려놓고 비워 내는 과정을 걸어가다 보면 삶의 순
간마다 행운의 반전이 기다리고 있을 것이다.

어서 와. 여기까지 오느라 고생 많았네.

여깄어. 반전

이렇게, 저렇게 할 거라는 고집을 버리고 나니 행복한 내가 되었다.

힘든 관계를 교재 삼아
공부하기

성장

＊

"딸이 여긴 천국이라고 좋다고 그러더니 지옥이야. 이렇게 생지옥이 따로 없어!"

'할머니 컨디션이 안 좋으신가? 격한 표현을 하시네?'

"엄마! 엄마가 스스로 원해서 들어오신 거잖아요. 여긴 본인이 원하지 않으면 들어올 수 없는 곳이에요."

할머니의 격한 마음을 토닥이며 엄마가 말했다.

"맞아요. 할머니가 여기 들어와서 밥도 다 챙겨주고 반찬도 맛있다고 하면서 좋다고 했잖아요."

화제를 돌리기 위해 엄마와 나는 핑퐁 게임을 했다.

"그렇긴 했지. 근데 지옥이야. 내 맘대로 할 수가 없어!"
"여긴 할머니가 필요한 걸 다 해 주잖아요. 편하게 해 달라고 하면 되는데 왜 여기서도 힘들게 챙기려고 하세요."
"내가 할 수 있는 건 내가 해야지. 그리고 다 해 주지도 않아!"

백 년을 살아오면서 누구에게 의존할 수 없는 환경이었을 테고 생과 사를 넘나드는 피난길을 넘다 보니 누구보다 더 강한 독립심이 자리 잡혀 있는 할머니다. 좋게 말하면 독립적이고 강인한 생활력을 가진 사람이지만 한마디로 고집, 아집…. 모든 집의 압축체다.

"무(無)야. 무(無). 나는 아무것도 없어."

무? 어떤 게 없다는 거지? 죽음의 시간과 가까운 곳에 있는 할머니가 삶을 정리하는 방법인가? 공부할 거리를 받아든 나는 물음표를 양산했다.

"뭐가 아무것도 없어요?"

범위가 너무 넓어서 힌트를 얻고자 할머니께 물었다.

"지금 죽어도 된다고."

'어. 그래 일단 방향은 잘 찾아갔나 보다.'

"네? 그게 무(無)랑 무슨 상관이에요?"
"나는 아무것도 모르고 가진 것도 없어."

'스무고개를 해야 하는 건가? 해석이 안 되는데?'

할머니의 이야기를 들으며 김수환 추기경님의 "나는 바보입니다."
가 생각났지만, 정답은 아닌 듯했다. 내 맘대로 할 수 없게 만드는 곳
이라며 지옥 속에 사는 할머니를 뵙고 그중에서 매번 듣는 이야기가
없을 '무(無)'였다. 도대체 어떤 지혜를 주시려고 알쏭달쏭한 퀴즈를
내주는 걸까? 갸우뚱하는 중에 할머니를 관찰하기 시작했다. 컨디션
이 좋을 때와 나쁠 때를 비교해 보고, 깊은 관찰로 들어가다 보니 감
이 잡혔다.

나의 신혼생활을 할머니와 함께 살게 되면서 이러쿵저러쿵 부딪히는 일이 많아졌다. 말이 점점 더 거칠어지는 할머니와 살면서 나만 홀로 지옥으로 들어가는 듯 느껴졌다. 그 기운을 감지했던 할머니가 그래도 더 나빠지기 전에 수녀님이 돌보는 곳으로 들어가길 희망했다. 그런 후에 수녀님의 전화 너머로 생떼를 쓰는 할머니 목소리가 나와는 상관없는 생활이어서 다행이었다. 내가 처했었던 상황을 수녀님이 대신하니 죄송함과 안도감이 오르락내리락 그네를 탔다.

마음이 평온할 때 나오는 할머니의 이야기. 무(無)를 통해 나는 지금부터 연습해야겠다는 생각뿐이었다. 무(無)라는 말을 반복하지만, 본능으로 인해 생떼를 쓰는 할머니를 보면서 정신이 바짝 들었다.

'지금부터 해야 하는구나. 내려놓고 비워 놓기를. 그렇지 않으면 죽음과의 시간이 가까워질수록 나뿐만 아니라 내가 사랑하는 가족들의 진을 다 빼놓을 수도 있겠구나. 지혜로운 할머니도 다는 내려놓지 못하는구나. 할머니가 그토록 바라는 하느님을 만나러 가는 길에 한도 끝도 없이 비우고 내려놓는 중이구나. 나를 힘들게 하는 존재는 나를 공부시키고 변화시키려고 내 앞에 있다는걸. 얼른 공부하자. 나의 공부가 끝나야 제 몫을 하고 떠날 수 있는 거니까. 어서어서 뼈에 새기자.'

나를 힘들게 하는 사람은 나를 변화시키려고 악역을 맡아 준 사람이다. 또한 성장으로 연결해 주는 감사한 사람이다. 나를 해코지하려고 태어난 사람은 없을 테니까. 설령 있다 하더라도 그로 인해 나의 배움은 깊어질 테니까.

고통은 없다. 성장이 있을 뿐.

온 세상의 부정적인 것을 긍정으로 만드는 방법은
나로부터 시작하기.
나에게 오롯이 머물기 위해 나의 호흡을 한다.

내 안의 '나'와 세 번째 만남

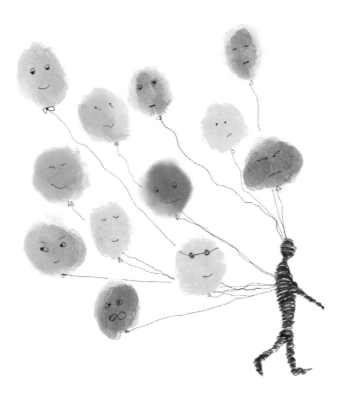

마음 컨디셔닝

내 멋대로 산다

나에겐 관계라는 것이 제일 힘든 구간이다. 쉽고도 어려운 그 탈출구는 다름을 인정하는 것이다. 그 누구도 똑같은 사람으로 존재할 수 없다. 그리고 그 사람들이 나에게 맞춰져야 할 이유도 없다. 내 마음의 틀에 상대방을 가둬 놓고 하나라도 틀린 행동과 말을 하는 것에 연연할 필요가 없다. 다르니까.

'난 너를 인정해. 그럴 수 있어. 그럴 이유가 분명히 있을 거야.'
다름을 인정하고 나면 관점의 틀에서 자유로울 수 있다. 여유로운 마음으로 상대방을 바라볼 수 있다.

네 멋대로 살아라. 내 멋대로 산다.

$+$

내 삶이고 네 삶인데
왜 관여하려는 거야?
인정하고 자유롭게 살자. 쫌!!

마음 컨디셔닝

나에게 하는 이야기

✳

나의 삶은 언제나 안전하다

언제나 불안했다. 매 순간 살얼음판을 걷고 있는 듯 온몸이 경직되어 걸어야 했다. 무엇인가가 들이닥칠 것 같은 불안감이 내 몸을 망가뜨렸다. 정신적으로나 육체적으로나.

도대체 무엇이 그렇게 불안했을까? 물음을 타고 들어가는 마음 길이 이젠 즐거운 길이 되었지만. '아직도? 여전히? 하이고….'를 연발한다. 끝도 없이 들어가는 치유의 과정은 언제나 감사한 시간이다. 그런데 왜 불안할까? 무엇이 그토록 두려운 걸까? 아무것도 하지 않고 있으면 뒤처질 것 같아서 불안한 마음으로 머릿속에 문젯거리들을 만들어 나를 속이기도 했다. 별거 아닌 것을 대단히 큰 문제로 만들어 버리는 불안, 공포, 두려움.

　이젠 너무나 잘 알고 있다. 별것 아니라는 것을. 그리고 대단히 감사한 영역이기도 하다는 것을. 그 모든 감정들을 인정하고 바라볼 수 있다면 나의 모습으로 단단하게 살 수 있다는 것을. 언제나 잘할 수는 없다. 단지 포기하지 않고 나의 중심으로 돌아오면 되는 것이다. 나는 사랑스러운 사람이다. 그런 나를 스스로 인정한다. 그리고 무엇보다 나의 삶은 언제나 안전하다.

나로부터의 자유여행 길에서

　에너자이저라는 말을 듣고 살아왔던 나는 에너지의 사용을 어떻게 하는지 모르고 마구마구 쓰고 다시 충전하고의 반복적인 생활을 했다. 끊임없이 나올 거라는 안이한 생각으로 스스로 자신했고 어찌 보면 스스로 내몰았다. 얼굴을 보면 그 사람의 삶이 보이는 것처럼 현재 나의 몸을 보면 어떠한 삶을 살아왔는지 습관이나 성향을 알 수 있다. 이 또한 나에게 들이닥친 문제로 인하여 알게 됐다. 30대 중반부터 꾸준히 운동을 했던 나였지만 멀쩡했던 팔다리가 심하게 아프기 시작했다. 아니 그 이전부터 크고 작은 통증이 시작되었지만, 몸이 보내 주는 신호를 무시했던 나에게 '너 그러다가 너 큰 코 다친다'라며 크게 느껴지는 통증이 시작됐다. 일상생활에 노란색의 신호등이 빨간 불로 바뀌고 나서야 걱정과 두려움이 몰려왔다. '이러다가 정상으로 돌아가지 못하면 어쩌지?'라는. 두려움과 불안감이 통증을 만들어 낸다는 것을 우연히 알게 됐다. 명상할 때마다 복통이 일어나서 온전히 집중할 수 없었다. 단지 화장실을 안 가서 그런 것 같다고 가볍게 생각하고 넘겼지만, 복통은 두려움이나 불안할 때마다 찾아오는 무언가에 대한 신호였다. 그 신호를 가볍게 무시해서는 안 될 것이며 과거의 순간으로 들어가 자세히 관찰해야 한다. 고통의 순간에 머무르며 알게 모르게 소진하고 있는 나의 에너지가 없는지 찾아야 한다. 에너지의 흐름이 원활히 돌아가게 만들어야 한다.

자신을 무능력자라고 생각하면서도 인정받기를 원했던 나는 갑자기 쓰러졌던 일이 많았다. 평생 두통으로 약을 달고 살았고, 배를 끌어안으며 데굴데굴 굴렀다. 하지만 지금은 다르다. 이유를 찾으려는 노력으로 몸과 마음이 건강해지고 있다. 그리하여 많은 시간을 관찰자 모드로 바라보고 본연의 나의 모습을 찾아가는 여행길을 걷고 있다. 스스로 치유하고 사랑하며 인정하고, 에너지를 단단히 쌓아 가며 말이다.

끝날 때까지 끝난 게 아니기에.

나의 삶은 언제나 지금부터 시작이고

내면의 안내와 함께 '그렇구나' 여행길을 걷고 있다.

나로부터 해방, 나로의 자유여행을.

결국은 균형

우리는 모두 네 개의 기둥과 여덟 개의 글자를 가지고 태어난다. 사주는 타고난 운명이 아니고 끊임없이 만드는 심상이다. 사주보다 중요한 것은 관상이고, 관상은 내가 어떠한 마음으로 살아왔는지 볼 수 있는 시각적 이미지다. 눈으로 볼 수 있다면 분명히 알 수 있었을 텐데. 이러저러한 마음은 날아가 버리기에 잊히고 모르는 체한다. 그 하나의 마음을 조금이라도 알아주고 인정해 준다면 삶을 오류 없이 수용하고 인정하며 살 수 있다. 호흡 수련과 명리학의 공통점은 조화와 균형이다. 몸과 마음, 사람과 관계, 나와 자연 모든 것은 조화와 균형 속에서 평온하다. 균형 있게, 조화롭게 들어섬과 나섬에서 자유로울 수 있게. 그게 바로 나와 소통하고 연결하는 균형 있는 삶이다. 흔들리면 출렁이고 안정되면 제자리에서 무심한 듯 자연스러운 걸음으로 가면 되는 거니까. 어떠한 상황 속에서라도 관찰자로 바라보고 수용하는 마음으로 지금을 살아간다면 삶에서의 온전한 자유를 선물로 받을 것이다.

+
++

어떤 순간이나 관계 속에서도
나를 지켜 내기 위한 나만의 방법은
있는 그대로 바라보며 균형을 잡는 것이다.

마음 컨디셔닝

에필로그

✳

'해도 해도 너무하네. 날씨도 이렇게 화창한데 혼자만 아니 친구들이랑 스크린골프를 친다고? 어제는 라운딩 간다고 새벽부터 나가서 20시간 만에 들어오더니 오늘은 또 아침 댓바람부터 나간 당신이참……'

생각이 일어났다. 나도 모르는 사이에 걷잡을 수 없이 이어 가고 부풀어지고. 생각이 생각의 꼬리를 무는 능력은 대단히 빠르다. 바로 생각을 멈추고 호흡에 집중했다.

'왜? 친구들이랑 놀면 안 돼? 주중 열심히 일했으니 놀아도 되잖아.

나랑 안 놀아서 삐진 거야? 근데 나는 해야 할 일이 많잖아. 아마도 놀 자고 하면 맘이 불편했을 걸? 해야 할 일 놔두고 논다는 게 그리 편하지 않았을 테니. 오히려 고마운 거잖아? 방해되지 않겠다고 본인이 즐거워하는 걸 하러 나갔으니 오히려 감사해야 하는 게 좋을 것 같은데?'

다행이다. 생각이 멈추었고 이내 아무렇지 않다는 마음으로 귀가했다. 그렇게 평온 속에 머물고 있었는데 다시 문제를 일으키고 싶은 생각이 신랑과 함께 돌아왔다.

"다녀왔습니다."

언제나 존중의 마음으로 인사하는 신랑이 귀가를 알려 왔다.

"응? 왜 이렇게 일찍 왔어요?"

신랑에게 삐졌다는 느낌을 받을 수 있게 삐딱선을 띄웠다.

"여보야. 날이 너무 좋네. 우리 어디 나갈까? 산책도 하고 맛있는 저녁도 먹고 오자."

나에게 곁눈질하는 신랑의 얼굴엔 미안하고 머쓱한 미소가 한가득이다.

"됐어. 안 갈래."

뭔가 달래 주는 신랑에게 조금씩 화가 올라오는 걸 느끼면서도 티는 내지 않으려 했다.

"왜~ 가자. 얼른 나가자. 여보님이 좋아하는 파란 하늘에 적당한 바람도 좋은 날 걸어 봅시다."

역시나 인내심이 많은 신랑인 듯 나의 마음을 살피며 끈기 있게 어르고 달래 주는 모습이다. 이때쯤이면 알았다고 적당히 나가면 되는데 왜 심술이 나는 걸까? 점점 심술보가 차오르는 걸 느꼈다. 와! 나이번엔 이게 보였네? 와! 그런데 멈추질 못하겠다. 언제나 화가 날 때면 생각을 멈췄다. 그리고 단전에 의식을 두고 아주 천천히 가늘고 길고 깊은 호흡을 시작한다. 그러다 보면 머리끝까지 뻗쳤던 열은 부끄러운 듯 단전으로 도망치고 만다. 이내 평온을 마주하고 아무 일 없었다는 듯 자연스러운 호흡으로 이어진다. 이렇게 만들어 내기까지는 쉽지 않은 과정이 있었다. 그리고 여전히 실수하기도 한다. 그 또한 삶을 살아가는 과정에 감사함의 마음과 두려움에 무너지지 않는 나에 대한 믿음으로 나아가고 있다.

"여보야. 나한테 '심통남'이라고 놀리는 게 뭔지 알겠어. 지금 내가 심통을 부리고 있네? 실은 아까 자기가 없어서 엄청 심통 났었거든. 그런데 생각해 보면 자기가 좋아하는 거 하고, 내가 해야 할 일을 하는 거지. 각자의 영역에서 즐거운 게 좋다는 걸 혼자 구시렁거리면서 넘겼거든. 근데 자기가 나한테 약자의 모습으로 눈치를 보니까 순간 내가 강자가 된 느낌에 칼을 이리저리 휘두르는 게 느껴졌어. 못된 나의 모습이지만 그 모습도 '그랬구나'가 될 수 있었던 오늘이었네. 고마워요. 여보님!"

"음 그건 말이야."

"됐어. 됐어. 내가 알아차렸으면 됐는데…. 왜 내가 못난 모습 고해성사하듯 인정하고 있는데 왜 항상 거기에 더하려고 하는 거야. 아스팔트에 쓸린 팔꿈치에 약을 발라줘야지. 소금을 뿌리는 것 같다고."

"아니 그게 아니라 그건 여보님 탓이 아니고 할머니가……."

"아니야. 내 탓이야. 탓이라고 말하기에 그렇지만 모든 것은 내가 만들어 내는 거니까 누구 때문인 건 없는 거야. 그건 나를 인정하지 않는 거니까. 내가 만들어 놓고 내가 선택하는 건데 누구 때문인 게 말이 안 되는 거지. 그래서 나는 오늘의 못된 나를 발견해서 감사해.

여보님 덕분이네. 그리고 여보야. 미안해. 심술부려서. 이젠 심통도
덜해질 테니까 조금만 기다려줘 헤헤헤."

   모든 것은 내가 만들어 나가는 것이고 내가 선택해 가는 것이다.
   지나간 것은 그럴만하거나 그래야 하는 이유가 있었던 것이니 연연
해하지 말고 내가 숨 쉬는 여기에서 감사와 사랑의 마음으로 살아가
면 되는 것이다. 언제나 온전한 나만 존재하는 것이다. 온전하다는 것
은 만족하는 삶을 살아가는 것이니 불필요한 기대감을 저버리고 만족
함에 감사하는 삶을 살아갈 것이다.

   사계절이 흐르듯 날씨의 변화를 저항하지 않고 그저 받아들이며
   지금 힘든 계절이나 비바람 속에 서 있다면
   곧 나의 좋은 계절과 행복이 다가오는 것일 터이니
   나의 때를 기다리며 내가 해야 하는 괴롭거나 힘든 일을 묵묵히 해
나갈 것이다.

   소명을 찾은 나는 세상 누구보다 행복한 사람일 터이니
   감사하는 마음과 사랑하는 마음을 온전히 나누어 가길
   나로부터 나에게 기도하며 기대한다.
   받아들이면 모든 것이 평온해진다.